Q

Volker von Törne

Im Lande Vogelfrei

Gesammelte Gedichte
Mit einem Nachwort von Christoph Meckel

Verlag Klaus Wagenbach Berlin

Quartheft 115

1.-4. Tausend

Satz und Druck: Poeschel & Schulz-Schomburgk, Eschwege
Bindung: Hans Klotz, Augsburg
Schrift: Korpus Janson-Antiqua

ISBN 3 8031 0115 8

Inhalt

Fersengeld. Frühe Gedichte

Im Fabelreich *11* Amtliche Mitteilung *11* Funkpredigt *12* Lied für Mann und Maus *12* Aufruf *13* Nachricht *13* Frage *13* Moritat *14* Abels Lied *15* Kleine Moritat *16* Einer äfft die Obrigkeit und klagt *17* Tröstlich Lied *17* Morgenlied *18* Abendlied *18* Lied von Wind, Mond und Pech *19* Garstig Lied *20* Ballade für Heinerle *21* Scherzlied für eine Schöne *22* Botschaft *23* Anfrage *24* Flugblatt *24* Dies ist ein schändlich schäkernd Poem *25* Du in Blech und Asche *25* Wie schön, im Glashaus zu sitzen *26* Mitmachelied *27* Abendlied ... *27* Astrologischer Wegweiser *28* Arbeitgeber *28* Lied der dicken Bosse *29* Toast auf den Wohlstand *30* Perspektive *30* Kinderlied *31* Trinkspruch *31*
Nachrichten über den Leviathan: Proklamation *33* Kleines Loblied auf die Schöpfung *34* Widerruf *35* Weitere Nachrichten über den Leviathan *36* Aufruf *37* Ankündigung des Paradieses *38*

Wolfspelz

Halblaut: Gegen Verführung *41* An Attila Jozsef *42* Am Scheiterhaufen *43* An Hölty *44* Märchen *45* An Wilhelm Weitling *46* Lied vom Jüngsten Tag *47* Gedenkblatt für Johann Heinrich Voß *47*
Nach alter Weise: Gründerjahre *48* Haussegen *48* rondo *49* An Ahasver *49* Bleibende Werte *50* An Hölderlin *51* Sprachlehre *52* Anstoß *54* Erinnerung an einen Oberlehrer *54*
Unter der Freiheitsglocke: To whom it may concern *55* Was mir die Leute sagen *55* Beim Lesen der Zeitung *56* Notstandsübung *56* Beschreibung eines Großmauls *57*

Regierungserklärung *58* Rezept für Friedenszeiten *58* Plädoyer für einen Kriegsberichterstatter *59* Erinnerung an Carl Sandburg *60* Selbstgespräch *60*
Aus vollem Hals: Auf dem Boden des Grundgesetzes *61* Ballade vom braven Mann *63* Schlaflied fürs Kind *64* Ulenspiegel *65* Lied von den apokalyptischen Reitern *66* Auf die große Koalition *67* Ein neues Löbtau-Lied *68* Not War *69* Sommerende *70* Ballade für bb *70* Lied für Kulis und Kumpel *71* Bei Staatsempfängen *72* Unter freiem Himmel *73*
Erinnerung an die Zukunft 75

Die Dummheit liefert uns ans Messer

Rechts und Links (Christoph Meckel) *82* Antwort (Volker von Törne) *83* Fortsetzung des Gesprächs (M.) *84* Weitere Antwort und Fortsetzung des Gesprächs (T.) *85* Fortsetzung des Gesprächs (M.) *87* Klage und erneute Einladung (T./M.) *88*

Der Affe will die Freiheit nicht

Parabel *91* So ist die Welt! *91* So mancher ... *91* Der Ritt auf dem Borstenschwein *92* Lächelnder Cupido *92* Den einen seht ... *93* Parabel (utopisch) *93*
Vom Fortgehen *94* Hochzeitslied *95* An ... *96*

Phallobst

Schnorrerlied, durch die Hintertür zu singen *99* Therese *100* Lied der Jungfrau hinterm Zaun *101* Wechselgesang für zwei gleichgestimmte Seelen *102* Tippellied *103* Einladung einer reiferen Dame zur Besichtigung eines Grundstücks *104* Lied von den Helden in dieser Zeit *105* Lied, der Freiheit ein Kind zu machen *107* Auf der Elbchaussee *108* Piratensong *109* Die sehr widersprüchlichen Wandlungen des Eulenspiegel *110*

Kopfüberhals

Friedenauer Himmelfahrt 113
Am gleichen Strang: Am gleichen Strang *121* Zahltag *121* Steine *122* Lied vom Terroristen Karl Heinz Pawla *123* Notstand *125* Rückzug *125* Fragen eines chilenischen Genossen *126* Ballade von Helga M. *127* Brief an meine Freunde *129* In der Schwebe *130*
Im Wald und auf der Heide: Berufung *131* Idylle *135* Im Kabelgraben *136* Lob der Haut *137* Beim Straßenbau *138* Küchenlied *139* Seemannsgarn *141* Lamentatio *143* Frei wie ein Vogel *145*
Lieb Vaterland: Diesseits *147* Vaterland *148* Pastorale *149* Im Fahrtwind *150* Beim Lesen neuer Gedichte *150* Eiszeit *151* Nachmittagsbesuch *152* Schlagzeile *152*
Zeit der Märchen: Im Frühlicht *153* Masurischer Sommer *154* Liebesgedicht *155* Mittagslicht *156* Morgengabe *157* Erinnerung an Sapounakeika *158* Abschied *158* Krähenflügel *159* Vineta *159* Zeit der Märchen *160*
Stunde der Wölfe: Wege *161* Stunde der Wölfe *162* Wassili am Weg *162* Am Wegrand *163* Endlösung *163* Rauch *164* Pogrom *165* Wege der Asche *166* Geschichte *167* Gedanken im Mai *168*

Halsüberkopf: Arkadische Tage

Frag mir nicht nach *170* Gib mir die Hand *171* Daß ich dich liebe *171* Weinlaubumrankt *172* Will ich die Stirn *172* Und ich will Pelops heißen *173* Der Steine Zunge *173* Dem Feuer *174* Komm, es ist Zeit *174* Ins Offne Heimgekehrte *175* Von Licht und Wasser trunken *175* Wo blau der Himmel braust *176* Als ob uns nichts beschwerte *176* Schlägt uns noch einmal Funken *177* Des Sommers Sonnenfaust *177* Gib mir die Hand *178*

Letzte Gedichte

Fünf Stilübungen für fünf Fünfzigjährige (Hans Magnus Enzensberger, Reinhard Lettau, Günter Kunert, Heiner Müller, Peter Rühmkorf) *181* Anrufung meines Engels *184* Epigramm *184* Sieger der Geschichte *185* Vaterlandslos *187* Epigramm *187* Auf dem Boden des Grundgesetzes (1976) *188* Kriegsspiel *188* Konjunktur *188* Deutsches Lied *189* Deutscher Psalm *190* Lied vom realen Sozialismus *191* Fragen *192* Akkord *193* Ferienbeginn *193* Gott in Chikago *194* Bilder *194* Hannover *195* Für Anne *195* Epistel im Juni *196* Bei Gelegenheit *197* Persönliche Erklärung *198* In den Wind geschrieben *199* Im Flugwind *199* Elegie (1) *200* Elegie (2) *201* Extra-Gedicht *202* Attika *203* Vier Fragmente *204* Am Schreibtisch *206* Zähne und Zunge *207* Nach der Dichterlesung *208* Frühlingsgedicht *208* Herbstfeier *209* Deutsche Heraldik *210* Gegen den Strom *211* Zu Beginn der Achtzigerjahre *212*

Christoph Meckel Nachwort *213*

Editorische Notiz *219*

Fersengeld. Frühe Gedichte

Im Fabelreich

Duckmaus trägt einen Orden.
Die Schweine hüten das Bett.
Der Wehrwolf, fromm geworden,
macht Männchen im Kabinett.

Der Stockfisch versteckt sich.
Die Unken schlafen im Schlamm.
Der Pleitegeier reckt sich:
dem Gockel schwillt der Kamm.

Die Füchse fahren in Eisen.
Und Lämmer laufen mit. Spaß-
und Galgenvögel kreisen.
Die Hasen beißen ins Gras.

Die Grillen sind vertrieben.
Der Lindwurm kriecht über Land.
Die Taube ist abgeschrieben,
flügge der Spatz in der Hand.

Amtliche Mitteilung

Die Suppe ist eingebrockt:
wir werden nicht hungern.

Wasser steht uns am Hals:
wir werden nicht dürsten.

Sie spielen mit dem Feuer:
wir werden nicht frieren.

Für uns ist gesorgt.

Funkpredigt

Seid still! Und betet eure Rosenkränze!
Habt eure Nachbarn in Verdacht!
Legt Lunte an Kometenschwänze!
Vertagt mit Fackeln diese Nacht!

Und kauft euch Puppen, Pudel, Polizisten!
Züchtet Katzen und Kakteen!
Tragt euch ein in schwarze Listen!
Lehrt eure Kinder Kaffeemühlen drehn!

Faßt euch kurz! Und wechselt die Tapeten!
Hißt eure Hüte in den Wind!
Deckt euch ein mit Kalk und Drähten!
Seht zu, daß ihr bald Land gewinnt!

Machts gut! Laßt euren Tod besteuern!
Grabt euch in den Himmel ein!
Fahrt darin in Flut und Feuern,
Bruder Abel, Bruder Kain!

Lied für Mann und Maus

Mit Speck da fängt man Mäuse!
Und ist mein Herz auch rein:
ich füttre Wanz und Läuse
und mach mich klitzeklein.

Weh-weh-Windchen!
Wohin das noch führt?
Hutzelbeins Hündchen
hat mich aufgespürt.

Kling-klang-Kloria!
Wer hat denn da gedacht?
Der kommt in dissen Thoria
und wird notgeschlacht!

Aufruf

Übermannt
den Schlaf
und zählt
die Nächte!
Die Tage
sind schon
gezählt!

(Wenn sie kommen,
ich weiß
von nichts.)

Nachricht

Sie haben die Erde
vermessen.
Sie erklären
die Sonne,
durchschauen
den Wind.
Der Regenbogen
ist ihnen untertan. Jetzt

fliegt der Greif. Der Tazzelwurm
schlägt seine Klauen in Beton.

Frage

Mein Großvater starb
an der Westfront;
mein Vater starb
an der Ostfront: an was
sterbe ich?

Moritat

I
Keiner treibt hier Pomp
mit Kanon und Bomb.
Keiner liebt den Staat.
Keiner wird Soldat.

Keiner hat es gut,
trägt n Eisenhut.
Keiner ist ein Mann.
Keiner glaubt daran.

Keiner wird gefragt,
was er dazu sagt.
Keiner hält den Mund.
Keiner bleibt gesund.

2
Keiner ist heut stolz,
hat ein Bein aus Holz.
Keiner hatte Glück.
Keiner kam zurück.

Keiner hängt sein Schwert
Muttchen übern Herd.
Keiner ist ein Held.
Keiner braucht auch Geld.

Keiner geht mit Gott,
handelt schwarz mit Schrott.
Keiner brennt sich Schnaps.
Keiner ist kein Taps.

3
Keiner nimmt ein Weib,
liebts mit vollem Leib.
Keiner zeugt ein Kind.
Keiner macht es blind.

Keiner ist jetzt reich,
kauft sich einen Teich.
Keiner macht bankrott.
Keiner schreit nach Gott.

Keiner trinkt sein Bier,
hüllt sich in Papier.
Keiner heizt mit Stroh.
Keiner ist ganz froh.

Abels Lied

Läuft mir eine Katze
übern krummen Weg,
schneid ich ab die Tatze
mit der Knochensäg.

Kommt zu mir ein Blinder,
nehm ich aus dem Hut,
wies ein reuig Sünder
bei den Blinden tut.

Sagen mir die Leute:
Du mach einen Plan,
pfähl ich meine Bräute,
mäst ein roten Hahn.

Laß sich Büttel balgen:
taub und stumm und blind;
bau mir einen Galgen
und erhäng den Wind.

Gehe vor die Hunde,
werf den ersten Stein;
bin mit Gott im Bunde,
wie weiland Bruder Kain.

Kleine Moritat

Leute, hört! Ich singe,
so leis ich eben kann,
getrost und guter Dinge,
das Lied vom braven Mann:

Ließ er Trommeln dröhnen:
bimm bamm bumm!
Mit seinen sieben Söhnen
ging der Plumpsack um.

Lärmt in bunten Buden,
lärmte gar nicht wenig;
schoß bitterböse Juden:
Plumpsack Schützenkönig.

Schoß auf allen Gassen,
schoß in jedes Haus;
war von Gott verlassen,
wußt nicht ein noch aus.

Fing er an zu lachen,
lacht er furchtbar laut:
Ja, Leut, was sollt ich machen?
Es ging um meine Haut.

Bimm bamm beier!
Das End von der Geschicht?
Ich hab sie von Herrn Meier;
der tat nur seine Pflicht.

Einer äfft die Obrigkeit und klagt

Ich will zur Stange halten.
Und geb euch zu: viel Freund viel Ehr,
wenn ich mir meine Flausen scher,
um Haar um Haar zu spalten.

Ich schnall den Gürtel weiter.
Und geb mich auf und setz mich fest
und bleib, solang die Bomb mich läßt,
getrost und grundlos heiter.

Je lieber um so länger.
Ich Bückling, ach, ich Hasenfuß
glasier mein Herz mit Zuckerguß,
hofier euch Rattenfänger.

Gehupft so wie gelogen.
Ich pfeif auf euren Wohlstandsmief
und reih mich aus und leg mich schief
vor eurem Fragebogen.

Ich laß mich nicht verramschen.
Wer hat die Welt bloß so verhunzt?
Ich frag und klag und preis die Kunst,
in Wasser Wein zu panschen.

Tröstlich Lied

Ich habe mir ein Fähnchen gerissen
aus Zeitungspapier.
Das schwenk ich; denn alle Hasen hissen
itzt ihr Hasenpanier.

Ich habe in einer rostigen Büchse
Seufzerwind gefangen.
Gute Nacht! sagen mir Hasen und Füchse;
sie werden mitgehangen.

Morgenlied

Regen nicht, nicht Hagel:
über Nacht kam Rauch;
da welkte eine Amsel
im Holunderstrauch.

Sonne nicht, nicht Monde:
ein Komet zog blank;
da verbrannt die Erde
unterm schwarzen Tank.

Augen nicht, nicht Lippen:
da ist nur der Wind
über unsern Helmen,
die geborsten sind.

Abendlied

Da die Sonn am Galgen hing,
schwarz und schon erloschen:
kauft ich einen Schmetterling
für drei blanke Groschen.

Kauft dazu ein Amsellaut
und ein Blatt Holunder;
kauft mir eine liebe Braut
und ne Handvoll Zunder.

Kauft ein Harnisch aus Papier.
für mein Herz aus Flammen;
pflückt mir Sterne vom Spalier:
mußt mich Gott verdammen.

Lied von Wind, Mond und Pech

Komm, ich schenk dir ein Lied,
ein Lied von der Amsel,
ein Lied vom Wind:

Vom Esel, der sich streckte;
vom Tischlein, das sich deckte;
vom Kätzchen, das sich reckte
und dein Süpplein schleckte.

Komm, ich schenk dir ein Lied,
ein Lied von den Sternen,
ein Lied vom Mond:

Vom Kobold, der dich neckte;
vom Riesen, der dich schreckte;
vom Tüchlein, das dich deckte
und vor der Hex versteckte.

Komm, ich schenk dir ein Lied,
ein Lied vom Schwefel,
ein Lied vom Pech:

Vom Feuer, das dich weckte,
mit rotem Zünglein leckte;
vom Dunkel, das dich deckte
und vor der Welt versteckte.

Komm, ich schenk dir ein Lied!

Garstig Lied

Wollten wir die Sonn vertreiben:
rieben Zunder unters Laub;
mußten wir drei Kreuze schreiben
in den schwarzen Staub.

Mußten wir den Leierkasten
eine ganze Nacht lang drehn;
durften wir nicht ruhn und rasten,
ließen rote Hähne krähn.

Konnten wir uns nichts ersparen;
juckte uns das Narbenfell;
mußten wir gen Himmel fahren
auf nem Kinderkarussell.

Mußten wir auf Sterne schießen,
ich und mancher Musketier;
mußten wir den Mond aufspießen;
hißten Helme aus Papier.

Mußten wir in Flammen,
geteert, gefedert, stehn;
mußten wir zusammen
durch Pech und Schwefel gehn.

Mußten Feuer fangen,
Rauch und Asche spein
und, an Fahnenstangen
gehenkt, vor Freude schrein.

Nun geht mit euren Bräuten,
ihr lieben Leute, heim!
Horcht! Die Bomben läuten
euch den Sonntag ein.

Ballade für Heinerle

Grüß Gott, Herr Nachbar Gutermut,
vermacht mir euer Haus!
Ich fang den Mond in meinem Hut
und geb ne Sintflut aus.

Grüß Gott, Herr Nachbar Polterjahn,
gebt mir ein gutes Wort!
Ich zünde euch den Himmel an
und schreie Zetermord.

Grüß Gott, Herr Nachbar Bücherwurm,
wo bleibt denn euer Witz?
Ich schick euch einen Wirbelsturm
und einen Kugelblitz.

Grüß Gott, Herr Nachbar Schlagetot,
Herr Nachbar Schwartenhals!
Ich schüttle aus den Bäumen Brot
und Schlingen für den Hals.

Grüß Gott, Herr Nachbar Betelaut,
was wird aus meiner Seel?
Ich habe Lust an meiner Braut
und Schnaps für meine Kehl.

Scherzlied für eine Schöne

Soll ich dir mit Gammastrahlen
Muster auf die Märkte malen?
Soll ich zu den Tauben sprechen?
Blumen aus dem Rollfeld brechen?

Soll ichs Nervenbündel schnüren?
Oder Scheiterhaufen schüren?
Soll ich meine Sterne fragen?
Drachen töten? Fahnen tragen?

Soll ich Leitartikel beten?
Lieben Gott aus Gummi kneten?
Soll ich heute Moslems martern?
Morgen eine Arche chartern?

Soll ich meine Katze warnen?
Meine grauen Tannen tarnen?
Soll ich meine Burg verdunkeln?
Lauthals in den Krater schunkeln?

Soll ich Mäus und Molche schlachten?
Soll ich dich mit Ruß umnachten?
–: Wolln wir, spät in Trümmerspalten,
Fackeln zünden? Hochzeit halten?

Botschaft

Warte auf die fremden Boten!
Hoffe auf den frühen Frost!
Schreibe Briefe an die Toten!
Wirf ins Meer die Flaschenpost!

Willst die Sintflut überdauern,
du auf deinem Aschenriff?
Hast ein Haus aus Klagemauern,
aber doch kein schnelles Schiff.

Willst du Wirbelstürme zwingen,
deine Wetterfahn zu drehn?
Einen Schatten mußt du dingen:
soll für dich durchs Feuer gehn.

Willst du dich im Rauch verschanzen
hinterm Büttel in der Bütt?
Einen Galgen mußt du pflanzen
in den Himmel, der verschütt.

Mußt du deinen Nachtmahr zäumen,
zücken deine Wünschelrut:
einen Mantelsack voll Träumen
bring den Engeln als Tribut!

Sieh: die Greife, die da horsten
in der Bäume schwarz Gebein!
Grab in Mauern, die geborsten,
deines Gottes Namen ein!

Anfrage

Wer kommt in Rauch und Blech daher?
Wer zähmt sich die Zyklopen?
Wer löscht den großen Brand mit Teer?
Wer mäst und pökelt Popen?

Wer hockt dem Nachtmahr huckepack?
Wer ist dem Wind zu Willen?
Wer steckt die Sonn in einen Sack?
Wer fängt sich meine Grillen?

Wer schließt mich in den Hungerturm?
Wer schlachtet meine Katze?
Wer hängt sie in den Wirbelsturm
mit abgeschnittner Tatze?

Wer wirft mein Herz, den Knallbonbon,
in großer Fische Rachen?
Wer schießt mit meinem Luftballon
auf Engel und auf Drachen?

Wer ists, der Mond und Sterne zinkt?
Wer kauft sich die Kometen?
Wer ists, der durch den Himmel hinkt
und lehrt die Kinder beten?

Flugblatt

Du auf der Lichtung,
wo die Fledermaus schwirrt,
unterwandert von Grillen:
Blas dein Strohfeuer an. Rupf
den Spatzen in deiner Hand.
Begieß ihn mit Pech. Schmor ihn
im rostigen Helm. Sei fröhlich,
und laß es dir schmecken!

Dies ist ein schändlich schäkernd Poem

was wolltest du nachts an die wände schreiben, du schelm?
den leisetretern wirst du nicht begegnen, die haben
das verhängnis längst verhandelt. nun springen nur noch
die hammel,
siegelnd völkischen frohsinn mit bockbier und helm.

mach kleinholz aus deinem drachenschiff, o bellarmin!
du rettest den freund nicht mehr, den bärenhäuter. der trägt
seine narben zu markte. hei! wie die knobelbecher stampfen,
die frischgewichsten, auf dem marsche nach berlin.

Du in Blech und Asche

Morgenluft gewittert –
geht es wieder vor?
Zukunft schon geklittert:
Glor und Chlor –

in der Scherbenschüssel
unterm Trümmersand,
o mein Eberrüssel –:
Abendland,

Brot gib und Broschüren
wackrem Schwartenhals;
laß die Trommel rühren! –
jedenfalls

du in Blech und Asche
du in großer Pleit –:
Säbel und Gamasche
sprungbereit –,

wirst schon bald verrauchen;
an die Wand gestellt;
preisen und verbrauchen
Freie Welt.

Wie schön, im Glashaus zu sitzen

Ich hab mein hoffnung eingesackt,
gröhl euch den dernier crie
und mix mir meinen traumextrakt
aus nix und irgendwie.

Ich werf mein herz – den knallbonbon
den wölfen in den rachen
und weihe meinen schnorrersong
den balsamierten drachen.

Ich brock mein angst und zuversicht
den tauben in den kropf
und preise den, ders angericht,
bei beinah klarem kopf.

Ich nehm den nachtmahr huckepack,
verpraß die abführpillen,
verscherbel euren dudelsack
und schasse meine grillen.

Ich stipp mein bißchen brot und salz
in ein verwässert glück
und recke mein verdrehten hals
nach speck und strick.

Ich will mein seel verschwitzen
und auf mein sitzfleisch baun.
Wie schön, im glashaus zu sitzen –
und auf die pauke zu haun!

Mitmachelied

Die Fackel flammt, das Bockbier schäumt,
die Panzerwagen rollen.
Hier mußt du, was du wach geträumt,
bevor du's denkst, verzollen.

Drum reim dich ein –: hipp-hipp-hurra! –,
Traktätlein im Tornister,
der Blut & Bluff G.mb.H.,
der Falanx der Filister.

Und preis die Nacht –: ach, Luna stieg
im Pulk der schmucken Sterne –,
die Konjunktur, den kalten Krieg,
die friedlichen Konzerne –

du Mundvoll Rauch, du Handvoll Blech,
du Ohrvoll Wohlstandslauge:
nun walkt dein Fell in heißem Pech!
Das Flutlicht geht ins Auge.

Abendlied für eine betagte Geliebte

O Abendland, schwarz eingeschlemmt:
– Mond und mystischer Psalter!
Ach, lös dein Haar, dein Kettenhemd,
Gebiß und Büstenhalter.

Ja, du bist schön ... Mein Fischbesteck!
Der Kanzler ist zur Kur.
Rapunzel, leg den SPIEGEL weg:
heut liebe ich dich pur.

Komm, küß den Schneemann, eh er schmilzt!
Und nimm den Sekt vom Eis.
Wenn die Rakete Ratten filzt,
gibts nur noch Schwarzen Reis.

Astrologischer Wegweiser*

bis 9 uhr 30 kritisch bleiben
nicht aggressiv werden nutze
deine beziehungen aus verbohre
dich nicht in ein vorhaben sei
positiv gib aussichtsloses auf
halte dich im hintergrund.

verhalte dich abwartend nicht
impulsiv handeln vorsicht in
finanz- und liebesfragen abends
gut für kunstgenuß flirt gewinne
dem leben die besten seiten ab
halte dich im hintergrund.

schone aber dein nervensystem
erledige alles sorgfältig und
gewissenhaft errege dich über
nichts und grüble nicht zuviel
baue alles folgerichtig weiter
halte dich im hintergrund.

* *Montage aus Zeilen eines Bildzeitungs-Horoskops*

Arbeitgeber

Seine Kinder laufen
barfuß. Seine Frau
geht betteln. Er nagt
am Hungertuch. Weinend
durchforscht er
seine Bilanzen
nach einem kleinen Profit

Lied der dicken Bosse

Wir haben nach Weibern und Wein gebrüllt.
Wir schlugen auf die Klaviere.
Wir haben die Bäuche mit Schweinen gefüllt,
mit den Steaks der mächtigen Stiere.
Was gibts auf dieser Welt zu hoffen?
Wir sitzen vor leeren Tischen.
Wir haben die Sintflut ausgesoffen
samt Haien und kleineren Fischen.

Wir sind durch Himmel und Höllen getanzt,
um Teufel und Engel zu schwängern.
Wir haben dem Wind einen Baum gepflanzt,
um unsre Lust zu verlängern.
Was gibts auf dieser Welt zu hoffen?
Wir sitzen vor leeren Tischen.
Wir haben die Sintflut ausgesoffen
samt Haien und kleineren Fischen.

Wir kauften uns Köche und Henker ein.
Wir ließen die Füße uns küssen.
Wir lassen die Nacht zur Tür herein,
weil wir doch sterben müssen.
Was gibts auf dieser Welt zu hoffen?
Wir sitzen vor leeren Tischen.
Wir haben die Sintflut ausgesoffen
samt Haien und kleineren Fischen.

Toast auf den Wohlstand

Hinterhof und Travemünde –:
Brüder, wir sind alle gleich!
Ohne Fehl und ohne Sünde:
Jedem Deutschen seinen Teich!

Reicht euch nun zum Bund die Hände:
Badewanne, Luxusyacht!
Nur der Wind, der hat vier Wände
unter Osrams Sternenpracht.

Perspektive

Bald ist die Erde aufgebraucht.
Die schwarzen Wälder sind verraucht.
Schon nutzen sich die Berge ab.
Die Ozeane werden knapp.

Spuckt in die Hände! Aus dem Hemd!
Kompressor her!
Jetzt wird der Himmel aufgestemmt!

Kinderlied

Bei uns zuhaus gab's Wassersupp'
und keinen Speck im Spind.
Mit Magermilch und Stahl von Krupp
wirst du nicht satt mein Kind.

Bei uns zuhaus gab's Schnee und Eis,
durchs Dach pfiff kalt der Wind,
der Teufel macht die Hölle heiß,
bist du erfrierst mein Kind.

Bei uns zuhaus war wenig viel
und langsam war geschwind.
Es ist der Krieg kein Kinderspiel
glaub nicht daran, mein Kind!

Trinkspruch

Adolf Hitler lebte fade
Denn er trank nur Limonade
Später aber soff er dann
Blut als wie der Tamerlan
Hätt er Bier und Schnaps gesoffen
Wärs vielleicht nicht eingetroffen

Nachrichten über den Leviathan

Zimmert Schlösser, baut Palläste,
Haut' euch selbst auß hartem Stein!
Ach! der Zeit ist nichts zu feste!
Was ich bau, bricht jener ein.

ANDREAS GRYPHIUS

Proklamation

Feuer will ich mit dem Nordlicht läuten,
will Wölfe würgen, Bären häuten,
am Regenbogen will ich rote Raben henken,
will Wale, weiß, im Wind ertränken!

An Sonnen will ich Salamander flechten,
mit Monden schwarze Schlangen schächten,
will Kraken schlagen, Kröten schröpfen,
will aus der Sintflut Hoffnung schöpfen!

Mit Blitzen will ich meine Echsen geißeln,
will Muscheln aus Moränen meißeln,
will meinen Mammut aus dem Eisberg schmelzen,
in Meere will ich Meteore wälzen!

Dann will ich mich mit bloßen Händen
– will Drachen stürzen, Engel blenden –,
ich will mich durch den Himmel schlagen!
Dann wird Kain Mensch nach meinem Namen fragen.

Kleines Loblied auf die Schöpfung

Das stob durch sieben Himmel her,
stob über Gletscher, Wüsten leer,
das stob durch Asche, Stein und Staub:
war Sträucher, Bäume, Blüten, Laub,
war Farne, Kräuter, Gras und Moos,
war Elefanten, Löwen groß,
war Wölfe, Hirsche, Bären schwer,
war Kröten, Kraken, Tang im Meer,
war Karpfen, Hechte, Wale weiß,
war Lerchen, Krähen, stob durchs Eis:
war Fledermäuse, Lurche blind,
das stob durch Regen, Hagel, Wind,
durch Sand und Lava, Rauch und Pech,
durch Kalk und Schwefel, scheppernd Blech,
durch Sonnenhitze, Mondesfrost,
das stob dahin durch Ruß und Rost,
durch schwarze Lohe, Wirbelsturm:
war Vogel Greif, war Tazzelwurm:
das stob dahin: war Horn und Huf,
war dunkles Auge, Ohr und Ruf,
das war Gefieder, Haut und Haar,
war Fleisch und Bein und war und war:
war Kralle, Wurzelwerk, Gebiß
von Finsternis zu Finsternis.

Widerruf

Das kroch ans Licht aus Höhlen dumpf,
das zog durch Steppen, zog durch Sumpf,
das zog dahin durch Nebel dicht,
das war Gehör, Geruch, Gesicht,
das zog mit Wölfen, Krähen, zog
– die Himmel rauchten, Feuer flog –,
zog durch Gebirg, durch Wälder weit,
zog hin an Gletschern, Strömen breit,
das stürzte Drachen, stieß und biß,
das heulte in der Finsternis,
das schlug die Wälder, brach den Fels,
das nahm den Bären ihren Pelz,
das jagte Elche, würgt den Wal,
war ohne Namen, ohne Zahl,
das kreuzte Lanzen, Schwerter blank,
das fuhr dahin im schwarzen Tank
das wälzte sich auf Weiber, lag
bei Stuten, Schafen, Engeln, lag
ans Rad geflochten, unterm Beil,
hing hoch am Kreuz, am Galgen steil,
war Richter, Henker, Bauer, Narr,
war Knochen, Fleisch in Schinders Karr,
im Massengrab, im Sagrophag –:
die Himmel rauchten Nacht und Tag.

Weitere Nachrichten über den Leviathan

Im Zwielicht wuchernd lags und quoll,
das war Geheul, Gestank, Geroll,
war Schotter, Schlacke, Schrott, war Müll,
Gerassel war es, war Gebrüll,
war Knochenberge, Asche, Staub,
war Zins, Tribut, war Beute, Raub,
war Samt und Seide, war Asbest,
war Hunger, Kälte, schwarze Pest,
war Gitter, Riegel, Schloß und Zaun,
das war Gebet, war Gottvertraun,
war Angst und Hoffnung, war Gekreisch,
war Knochenfraß, war brandig Fleisch,
war Peitsche, Gummiknüppel, Strick,
die Kugel war es im Genick,
war Bomben, Minen, Fosfor, Gas,
das war Geripp, war stinkend Aas,
war Armenhaus und war Spital,
war Gnadenbrot, war Henkersmahl,
das war Beton, war Glas, Papier,
war Feuervogel, war Vampir,
das war Geflatter, war Gebraus,
der rote Hahn wars überm Haus,
der Engel wars, im Schnee verscharrt,
die Krähe war es, die da schnarrt.

Aufruf

Ich sage euch: das ist kein Haus:
der Nachtwind ists, die Fledermaus,
ich sage euch: das ist kein Land:
die Dürre ists, der große Brand,
ich sage euch: das ist kein Tag:
der Hagel ists, der Wetterschlag,
ich sage euch: das ist kein Preis:
ist Haut und Knochen, Blut und Schweiß,
ich sage euch: das ist kein Brot:
der Steinschlag ists, der Feuertod,
ich sage euch: das ist kein Salz:
die Schlinge ists, der Strick am Hals,
ich sage euch: das ist kein Psalm:
die Sintflut ists, der Berge Qualm,
ich sage euch: das ist kein Licht:
der Knüppel ists, der Schädel bricht,
ich sage euch: das ist kein Wort:
der Pranger ists, ist Knebel, Mord,
ich sage euch: das ist kein Gift:
die Wahrheit ists, die Spiegelschrift,
ich sage euch: ihr seid im Recht:
den Henker henkt, den Schinderknecht,
den Büttel tut in Bann und Acht!
Seht: wie ein Fallbeil fällt die Nacht!

Ankündigung des Paradieses

1

Ich sage euch: Begrüßt den Tag
mit Donner- und mit Drosselschlag!

2

Ich sage euch: Legt Hand ans Werk!
Befahrt das Meer, den Flötz im Berg!

3

Ich sage euch: Verzehrt den Rauch!
Hißt Sonnen, rot, am Aschenstrauch!

4

Ich sage euch: Bebaut das Land!
Mischt Pech und Schwefel, Kalk und Sand!

5

Ich sage euch: Befliegt den Wind,
die Himmel, die euch freundlich sind!

6

Ich sage euch: Setzt euch zu Tisch!
Schlagt euch den Bauch voll Fleisch und Fisch!

7

Was nützt den Mächtigen die Macht?
Ich sage euch: Vertagt die Nacht!

Wolfspelz

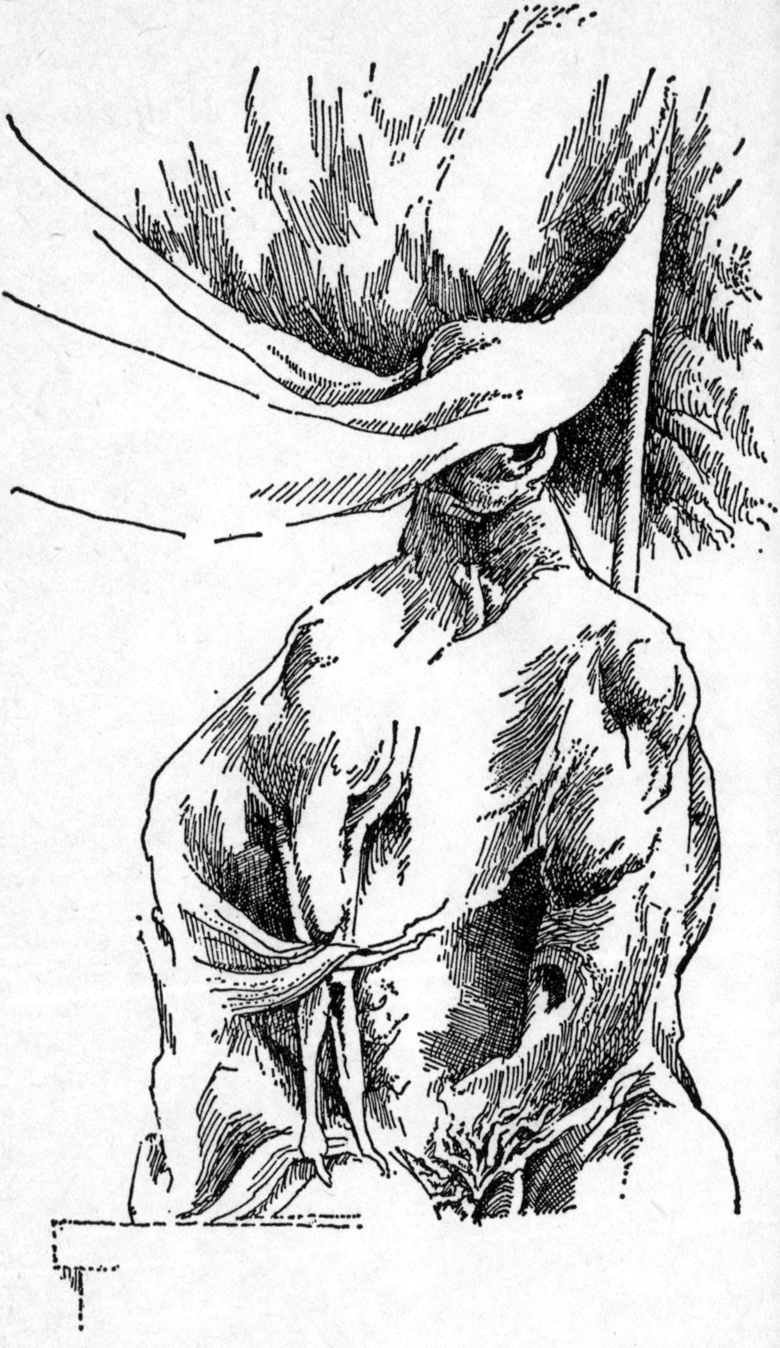

Gegen Verführung

1

Laßt euch nicht betrügen
von euren großen Herrn,
die schon in letzten Zügen
mit ihren Lügen liegen,
sagt ihnen: Habt uns gern!

2

Lauft nicht in die Messer,
die sie euch aufgestellt!
Schon morgen wird es besser,
das Brot gehört dem Esser,
dem, der das Feld bestellt.

3

Ihr könnt nicht unterliegen:
Macht nur die Augen auf!
Es wird die Ohnmacht siegen,
die Berge werden fliegen,
es bricht ein Friede aus.

4

Laßt euch nicht verblenden
von Mächten für und für!
Es wird sich alles wenden,
die Nacht muß einmal enden,
der Tag steht vor der Tür.

An Attila Jozsef

Sohn einer Waschfrau, Schweinehirt:
Häng uns die Wahrheit um
wie einen Wolfspelz! Hör nicht hin, wenn sie sagen:
Geh doch nach drüben.

Bleib bei uns, Bruder, sieh: Unterm erkalteten Himmel
fahren die Monde dahin, hier,
wo wir singen, mit unsern Kindern,
in der Dunkelheit.

Leg dich zu uns, Bruder:
Während wir wachen
gärt der Wein im Dunkel des Kellers, verwandelt der Wind
die Steine in Brot.

Hör zu, Bruder: Der Armen Armut
hat ein Ende! *Auf Lilienfüßen das Blutmeer durchschreitend*
holt uns die Zukunft heim
mit Singsang und Gelächter.

Am Scheiterhaufen

Für Robert Wolfgang Schnell

Hier bist du geboren,
hier baust du auf Sand,
hier rollt man in Panzern
Licht übers Land.

Hier baust du auf Sand,
hier bist du zuhaus,
hier tragen die Boten
Steckbriefe aus.

Hier bist du zuhaus,
hier bist du versorgt,
hier hat dir die Nacht
ihren Schatten geborgt.

Hier bist du versorgt,
hier bist du am End:
der erste der letzte,
den man verbrennt.

An Hölty

Komm, setz dich zu uns! *Noch rauscht*
der schwarze Flügel
des Todes nicht. Wir lassen den Teekessel
für dich singen.

Wir wollen dich bewirten
mit Haselnüssen und Kirschen, ehe der Wind
die Gärten fortträgt. Schlag
die Saiten an!

Pflücke sie weg, o Tod,
die dunkle Blume! Ewigkeiten lieben wir uns,
wie sich Engel lieben. Nimm vorlieb
mit unseren Bräuten!

Märchen

Jorinde, komm ins Schneckenhaus.
Da wolln wir beide schlemmen:
Auf Schutt gebackne Haselmaus
und Mus von Schimmelschwämmen.

Da schlachte ich den Goldfasan,
Im Kessel schmort mein Igel.
Da trinkst du Milch und Lebertran
aus fosforrotem Tiegel.

Jorinde, komm ins Schneckenhaus,
eh sich die Wolken färben.
Die Nacht schlägt uns die Augen aus:
Da schmück ich dich mit Scherben.

Da mach ich uns ein Bett aus Schrott
und schenk dir meinen Schatten.
Und bau um uns ein Bild von Gott
aus Draht und Panzerplatten.

An Wilhelm Weitling

Deine Rede wird Tauben
in Adler verwandeln. Kamele
werden durchs Nadelöhr
springen.

(Damenschneider, Hungerleider)

Der Himmel ist ein helles Haus,
da geht die Liebe ein und aus.

(Immer noch haltbar:
die vielfach
gewendete
Wahrheit)

Lied vom Jüngsten Tag

in memoriam Thomas Münzer

Es wird der Spatz den Adler reißen,
der Hering schlucken Hecht und Hai.
Bespringen wird der Bock die Wölfin:
Es liegt der Knecht der Herrin bei.

Die Bettler teilen sich den Braten.
Der Henker legt sich unters Beil.
Die großen Herren sind verraten:
Was sie zerschlugen, das wird heil.

Die Felsen steigen aus der Tiefe,
wo sie begraben lagen tausend Jahr:
Es wachsen Bäume in den Himmel,
der uns von dir verheißen war.

Gedenkblatt für Johann Heinrich Voß

Wo der Bauer mit Knochen seiner verfaulten
Tyrannen das Obst abschleudert und fluchend
hin in die Grube sie wirft, dort zünden wir, denke ich,
das Feuer, daß uns nicht anwehe der Rauch.

Wohlauf nun, Feuer gezündet! Flink!
und Kaffee gekocht!

Gründerjahre

1/4 Pfund Rindfleisch, in Würfel geschnitten,
Sellerie, Zwiebeln, Rüben und Lauch,
etwas Mehl, auch Graupen und Grütze,
80 Gramm Salz und 7 Gramm Zucker
werden gekocht mit ausreichend Wasser,
15-20 Liter sind nicht zuviel:
Solch eine Suppe wird Armen und Kranken
in Zeiten der Kälte königlich munden!

Haussegen

Die gro
SS
en Fische fre
SS
en die kleinen.

Häschen in der Grube sa
SS
und schlief.

rondo

niemals sang die nachtigall
fledermäus aus leichtmetall

davidsstern vom himmel fiel
überm sand in dem ich spiel

dahin rollt mein roter Ball
niemals sang die nachtigall

An Ahasver

Auf den Gräbern der Welt
sitzt du und singst
deine Psalmen,
die Asche der Toten
zu wecken
und ihnen Schuhe zu nähen
für den Weg zurück –:

Nimm die Binde ab,
zeig uns
deine Stirn!

Bleibende Werte

1

Das war ein Tag den man nicht vergißt. Götter-
und Heldensagen. Winterhilfswerk. Wotan.
Mohrenköpfe. Dr. Goebbels. Altpapier.
Lumpen. Liebesknochen. Der deutsche Mensch.

2

Die ärmsten Söhne des Volkes sind die treusten.
Was sich unsre Hörer wünschten. Vorsicht
waren von geringem Wert. Hände weg
von Vogelnestern. Juden raus. Auch du
Volksgenosse gehörst zu uns.

3

Deutsche Erzeugnisse haben Weltruf. Goethe
und Schiller. Dr. Oetker. Die Reichsautobahn
ist eine Großtat deutscher Technik. Die Maschine
arbeitet genauer als der Mensch. Findlinge
sind Überreste aus der Eiszeit.

4

Entwarnung. Kohlenklau. Das Eintopfessen. Der Führer
spricht. Urahne Großmutter Mutter und Kind.
Hermann Göring. Die Wunderwaffen. Feind
hört mit. Die Kruppwerke in Essen. Endsieg.

5

Persil bleibt Persil

An Hölderlin

Durch den Blutregen kommst du
mit Haut und Haaren
und einem Mund voller Oden
durch Galgenwälder
dem Windwasser folgend
auf den Spuren
eines flüchtigen Traums –:

Mach Kleinholz
aus deinem Drachenschiff, o Bellarmin!

Mit Fundevogels Federn
und den Scherben des Glasbergs
beladen mit Füllhörnern
und Wünschelruten
gehst du und klopfst
den Himmel ab
nach dem verschütteten Meer.

Sprachlehre

1

Der Fähnleinführer verliest die Namen
Gegenwart
Der Fähnleinführer hat die Namen verlesen
Vollendung in der Gegenwart
Der Fähnleinführer verlas die Namen
Dauer in der Vergangenheit
Der Fähnleinführer hatte die Namen verlesen
Vollendung in der Vergangenheit
Der Fähnleinführer wird die Namen verlesen
Zukunft

2

Stillstehen
ausrichten
die Augen geradeausnehmen
rühren
abzählen
im Gleichschritt marschieren
die Abteilung soll halten
rechts umdrehen
die ganze Abteilung soll kehrtmachen
Bilde Befehlsformen!

3

Der Führer eröffnet die Reichsautobahn.
Generalfeldmarschall Göring empfängt japanische Flieger.
Die Wiener umjubeln den Führer.
Dr. Ley tauft das neue KdF.-Schiff.
Dr. Goebbels weist die Angriffe der Emigrantenpresse zurück.
Professor Speer veröffentlicht Richtlinien für die Neugestaltung Berlins.
Stelle die Sätze in alle Zeiten der Tat- und Leideform!

4

Jemand blauen Dunst vormachen
die Flinte ins Korn werfen
einem auf den Leim kriechen
einen um den Finger wickeln
einem das Fell über die Ohren ziehn
Was ist damit gemeint?

5

Damit der Topf voll wird,
muß man ihn füllen.
Wenn einer den Kopf schnell neigt,
sagt man, er nickt.

Anstoß

Für R. D.

Mit sowas
machen wir
kurzen Prozeß:

Rübe ab!

Flötentöne
Heil Hitler
Zackzack!

Erinnerung an einen Oberlehrer

Für den völkischen Staat
ist der gesunde und kräftige
Mensch das höchste Ziel
der Erziehung. Kartoffeln und Kohl
können gleich
in die Markttasche
geschüttet werden. *Unsere Klasse*
macht nächstens
wieder eine Fahrt
ins Blaue

To whom it may concern

Seitdem ich euch
meine Stimme gab,
sitze ich da:
sprachlos.

Mit mir
ist kein Staat
zu machen: So
jedenfalls nicht.

Was mir die Leute sagen

Kauf dir einen Kühlschrank,
sagen sie mir, damit dir der Schnaps
im Sommer nicht warm wird. Lagere Koks ein,
sagen sie mir, der nächste Winter
kommt bestimmt.

Sie denken einfach
an alles.

Beim Lesen der Zeitung

Ich lese in der Zeitung, daß die Mörder
von Mord und Totschlag nichts gewußt.
(Meine Schwester nähte damals
ihren Puppen gelbe Flicken auf die Brust.)

Notstandsübung

Mit Wasserwerfern
bekämpfen sie
die Sintflut.

Mit Gummiknüppeln
öffnen sie uns
die Augen.

Im Licht ihrer Lügen
erkennen wir
die Wahrheit.

Beschreibung eines Großmauls

Der nimmt den Mund zu voll
und redet von Hunger. Der spricht
von Kälte und hockt
hinterm Ofen.

Der überspannt den Bogen nicht:
der hat ihn raus. Der sitzt
zwischen den Stühlen
auf hohem Roß.

Hört ihn euch an, wie er singt
mit zwiefach gespaltener Zunge:
die Wehrlosen schmähend
nicht die Gewalt.

Regierungserklärung

Die Regierung der USA bedauert,
daß sie den Kampf gegen die Armut
hat einstellen müssen,
um den Krieg
gegen die Armen
fortführen zu können.

Besorgt suchen die Augen
der Bauern, die den Boden
für den Reis bereiten,
den Himmel ab.

Rezept für Friedenszeiten

Tu in den Topf die Bohnen,
nimm Salz und Bohnenkraut,
nimm Butter statt Kanonen,
weil sich das leichter kaut.

Plädoyer für einen Kriegsberichterstatter

in memoriam John Steinbeck

Er hat Bücher geschrieben. Einige
wurden verarbeitet zu Bilderbögen
in den Traumfabriken. Wir hörten
von seinem Ruhm. Sein Reichtum blendete uns.
Wir hatten nichts gegen ihn.

Er schreibt uns Briefe vom Krieg
in den Dschungeln am anderen Ende der Welt.
Begeistert schildert er uns die Schönheit
der Schlächter. Sein Sohn, heißt es,
ist einer von ihnen. Ist das ein Grund?

Bei den Mördern stehend, zeigt er auf uns:
Ihr habt Angst, euch die Hände
schmutzig zu machen. Ich nehme Partei.
Wir sehen: Seine Hände sind blutig.
Er hat Partei genommen gegen uns.

Was können wir noch für ihn tun?

Erinnerung an Carl Sandburg

There are men who can't be bought

Stürme werden dies Land
zerschlagen. Sammle die Sterne,
wenn du es magst. Alles muß einfach sein
für einen Henker.

Was tut Gott, wenn er einsam ist?
Das sind so Fragen.

Selbstgespräch

Warum sollen deine Verse
haltbarer sein
als die Blätter des Baums
vor dem Fenster?

Von den Lebendigen sprich
nicht wie von Toten. Rede vom Feuer,
das hinfährt, donnernd,
über die Städte.

Sprich von Vergänglichem. Aber
sprich gegen den Tod.

Auf dem Boden des Grundgesetzes

1
Mein Vater ist vor Leningrad erfroren.
Als er im Schneesturm lag, hats ihn entsetzt.
Ich schütz vorm Ostwind meine Ohren.
Ich bin es nicht, der hier zum Aufruhr hetzt.

2
Ich bin in diese Zeit verschlagen,
noch nicht verkauft, doch schon geschätzt.
ich tue, was die Herrn mir sagen.
Ich bin es nicht, der hier zum Aufruhr hetzt.

3
Man sagt mir: Leben oder leben lassen!
Wenn man den Fuß auf meinen Nacken setzt,
geb ich mir Müh, mich anzupassen.
Ich bin es nicht, der hier zum Aufruhr hetzt.

4
Ich habe Kalk geschleppt und Kies gefahren,
ich habe Stein auf Stein gesetzt.
Ich hab kein Haus: ich konnt mir keins ersparen.
Ich bin es nicht, der hier zum Aufruhr hetzt.

5
Am Abend füllt uns meine Frau den Teller:
zuerst den Kindern und sich selbst zuletzt.
Ich les die Zeitung, und ich esse schneller.
Ich bin es nicht, der hier zum Aufruhr hetzt.

6

Durch meine Träume rasselt nachts der Schinderkarren.
Den Henker seh ich, der sein Fallbeil wetzt.
Die Krähen hör ich an den Himmeln schnarren.
Ich bin es nicht, der hier zum Aufruhr hetzt.

7

Ich frag mich oft, warum ich hier noch bleibe.
Noch ist kein Preis auf meinen Kopf gesetzt.
Noch halt ich mir die Polizei vom Leibe.
Ich bin es nicht, der hier zum Aufruhr hetzt.

Ballade vom braven Mann

Hakenkreuz am Hute,
ein Skelett im Schrank,
schwingt er seine Knute,
kriecht er aus dem Tank.

Will mein Garten haben,
schießt mich ins Genick,
fressen mich die Raben,
nimmt mein Weib den Strick.

Singt er fromme Lieder,
wäscht er sich die Hand,
stellt er meine Brüder
alle an die Wand.

Köpft er meine Kinder,
macht er reinen Tisch:
freitags ißt der Schinder
meinen Silberfisch.

Scharrt er meine Mutter
in den grauen Schnee:
ansonsten, Herr Luther,
ist alles o.k.!

Schlaflied fürs Kind

Will mein Kind nicht denken,
werde ichs beschenken:
Dumpfe Trommel, stumpfer Spieß,
schwarze Katz auf rotem Kies,
die darfs morgen henken!

Will mein Kind nicht sprechen,
rüst ichs aus mit Blechen:
Eins, zwei, drei, wer hat den Helm,
Galgenstricke für den Schelm,
wenn die Lanzen brechen!

Will mein Kind nicht laufen,
wird das Feuer s taufen:
Aschenmond und Niemandswelt –:
Für nen Sackvoll Fersengeld
werde ichs verkaufen!

Ulenspiegel

Für Christoph Meckel

Der Trinker wird ertränkt
Der Henker wird gehenkt.
Der Richter wird gerichtet.
Ihr seid zu nichts verpflichtet.

Der Krieger wird bekriegt.
Der Sieger wird besiegt.
Der Schläger wird erschlagen.
Ihr sollt die Nacht vertagen.

Der Taube wird betäubt.
Der Lahme wird gestäupt.
Der Blinde wird geblendet.
Der Tag ist schon verpfändet.

Der Lacher wird verlacht.
Der Schlachter wird geschlacht.
Der Fresser wird gefressen.
Der Wind wird euch vergessen.

Lied von den apokalyptischen Reitern

Es war in der Zeit der Depression:
Ihr Karren kam nicht mehr weiter.
Sie hatten Angst vor der Revolution,
die apokalyptischen Reiter.

Sie wechseln die Knochen. Sie wechseln die Haut.
Sie bleiben doch immer die alten.
Sie heulten sich heiser. Sie brüllten laut:
Erbarmen! Ihr müßt uns behalten.

Sie haben das Abendland ausverkauft
samt Gott und seinen Engeln.
Sie haben sich einen Gaul gekauft.
Sie sagten: Mit kleineren Mängeln.

Sie wechseln die Knochen. Sie wechseln die Haut.
Sie bleiben doch immer die alten.
Sie haben dem Gaul ins Maul geschaut.
Sie sagten: Den wolln wir behalten.

Sie machten einen mächtigen Krieg.
Ihr Schinder war keine Niete.
Und gab es am Ende auch keinen Sieg:
Es gab doch ganz schöne Profite.

Sie wechseln die Knochen. Sie wechseln die Haut.
Sie bleiben doch immer die alten.
Ihr habt ihnen wieder ein Haus gebaut,
in dem sie euch niederhalten.

Auf die große Koalition

Daß Gott es mir verzeihe,
wenn ich um Hilfe schreie
vor soviel Dummheit hier:
drauf trinke ich mein Bier!

Daß Gott es gütig wende,
der ganze Spuk verschwände
samt Wehner, Strauß und Abs:
drauf trink ich meinen Schnaps!

Daß Gott es richtig mache
als Christ in eigner Sache,
die Kleinen groß, die Großen klein:
drauf trink ich meinen Wein!

Ein neues Löbtau-Lied

Wißt ihr, Leute, was ich träumte?
Hab ins Zuchthaus rein gesehn,
sah da unsern Fritze Teufel
wohl bei harter Arbeit stehn.
»Fritze«,, fragte ich voll Schrecken,
»Fritze, was hast du getan,
daß man dich hierher konnt schleppen?
Sag die böse Tat mir an!«

Hast du jemand schwer betrogen
um sein Geld und um sein Gut,
oder hast du gar gemordet,
klebt an deinen Händen Blut?
Oder hast du falsch geschworen,
was mit Zuchthaus wird bestraft?
Fritze, Fritze, sag vor allem,
sag uns deine böse Tat!«

»Ach, ich bin«, so sprach Fritz Teufel,
»ein radikales Element,
wollt mit Doktor Oetkers Pudding
morden einen Präsident:
hatte den Vanillepudding
schon in einen Topf gepappt,
als Herrn Dünsings wackre Popos
mich auf frischer Tat ertappt.«

»Ich gesteh: Ich bin gefährlich,
ein ganz schlimmer Terrorist:
schmiß mit Eiern und Tomaten,
wie ihr sicher alle wißt.
Doch nun krieg ich meine Strafe
und muß in das Zuchthaus rin,
und da sitz ich hundert Jahre,
weil ich ein armer Teufel bin.«

Not War

Heut will ich mein Einhorn wecken:
Soll sein Horn gen Himmel recken!
Was nützt denn einem lahmen Mann
ein Weib, das er nicht wärmen kann?

Macht euch fort auf euren Krücken:
Ich fülle gern die kleinen Lücken.
Ich grüß euch Herren überall,
so sprach der Wolf im Gänsestall.

Grün sind schon des Frühlings Auen:
Leiht mir eure jungen Frauen!
Ich führ sie in das Paradies
des Gottes, der die Flöte blies.

Auf dem Rücken solln sie liegen,
wenn die Wolken weiterfliegen!
Was der Kuckuck heuer sang:
das macht nur die Narren bang.

Sommerende

Das war ein Sommer, hell und groß,
der Himmel nahm kein Ende:
Wir trieben nackt auf unserm Floß
durch schwarzer Wälder Brände.

Dein Mund ist bitter wie die Schlehn.
Der Winter kommt. Das weiß ich.
Ich seh den Himmel westwärts wehn.
Es kommt die Nacht. Drauf scheiß ich.

Ballade für bb

Lirum larum Löffelstiel,
s Kindlein wollte essen;
reiche Leute essen viel,
habens drauf vergessen.

Im Keller ist es duster,
im Keller ist es eng;
da wird der arme Schuster
geschunden und gehenkt.

Am Himmel sind die Sterne,
die hüt der gute Mond;
s Kindlein hätt auch gerne
nah der Sonn gewohnt.

Lied für Kulis und Kumpel

Der hat keinen Reis und der kein Brot:
Wir haben schon alles gefressen.
Ist die Menschheit denn ganz verroht
zwischen New York und Essen?

Du hast kein Haus und ich kein Land:
Wir haben nur Hagel und Regen.
Mich hat man geblendet und dich gebrannt.
Wir wollen zusammenlegen!

Du hast kein Hemd und der keinen Rock:
Wir haben nichts zu verlieren.
Wir hauen uns Holz aus des Henkers Block,
damit unsre Kinder nicht frieren.

:Ab heute reden wir ungefragt:
Laßt euch den Wein nicht verwässern!
Die Welt ist schlecht, ist leicht gesagt:
Wir müssen sie verbessern!

Bei Staatsempfängen

Macht euch paar fette Wochen!
Der *Wohlstand* reicht nicht weit.
Ein Henkersmahl zu kochen:
dazu habt ihr noch Zeit.

Ihr seid nicht mehr zu retten!
Die *Freiheit* reicht nicht weit.
Vergrabt euch in den Betten:
dazu habt ihr noch Zeit.

Man wird euch nichts ersparen!
Der *Friede* reicht nicht weit.
Ihr müßt von dannen fahren:
dazu habt ihr noch Zeit.

Laßt euch das Brot verteuern!
Vertraut der Obrigkeit!
Stellt Milch auf, sie zu säuern:
dazu habt ihr noch Zeit.

:Der Wind ist kein Haus. Die Katz keine Maus.
Man wird euch das Leben nicht schenken.
Ein Stein ist kein Brot. Die Sonne ist rot.
Wir wollen euer gedenken.

Unter freiem Himmel

1

Der Kumpel holt die Kohlen.
Der Steinbrech bricht den Stein.
Der Schuster macht die Sohlen.
Der Doktor lernt Latein.
Der Bauer pflügt den Acker:
Ihm gehört das Land,
nicht mehr dem Leuteplacker,
der sich nicht wiederfand.

2

Der Schlosser dreht die Schrauben.
Der Tischler leimt den Tisch.
Der Winzer pflückt die Trauben.
Der Fischer fängt den Fisch.
Der Bäcker bäckt die Brötchen.
Der Maurer baut ein Haus.
Und jeder hat ein Mädchen
und ruht sich bei ihm aus.

3

Der General geht betteln.
Der Boss ist arbeitslos.
Kein Krieg mehr anzuzetteln:
das ist ein bittres Los.
Die Kinder spieln am Tage
und schlafen in der Nacht,
daß keiner sie erschlage
wies heut der Yankee macht.

4

Der Schuster schreibt Gedichte.
Der Maurer malt ein Bild.
Der Kumpel macht Geschichte:
das ist ja halb so wild!
Die großen Herren schreien:
Wo bleibt da der Profit?
Wenn wir uns selbst befreien,
beginnt ein neues Lied:
Hauruck!

Erinnerung an die Zukunft

scandit aeratas vitiosa navis
cura nec turmas equitum relinquit,
ocior cervis et agente nimbos
ocior Euro.

Horaz

1

Er hat die Durstenden in die Wüsten
geschickt. Die Frierenden hat er
dem Frost preisgegeben. Die Bettler
beutet er aus.

Seine Agenten sind überall. Vor dem Donner
seiner Maschinen erbeben
die Kontinente. Die Himmel
hallen wider
von seinem Ruhm.

(So wurde berichtet)

2

Auf alle Länder
hat er seinen Fuß gesetzt. Er
ist der Herr der Meere. Die Himmel
hat er mit Feuer erfüllt.

Er ist mächtig wie Gott. Das Wasser der Flüsse
ist sein Eigentum und das schwarze Gestein
der Gebirge. Ihm gehört
das Fleisch auf den Weiden und der Fisch
in den Netzen. Er macht den Preis
für die Frucht auf den Feldern. Zu seinem Lob
treiben die Wälder
den Papiermühlen zu.

Er ist mächtiger als Gott. Für ihn
waschen die Bettler Gold aus den Flüssen. Für ihn
schlagen die Frierenden Glut aus den Schächten. Die
    Heimatlosen
bestellen seine Äcker. Die Hungernden tragen das Korn
in seine Speicher. Ihm zu Ehren
bauen die Obdachlosen
Städte aus Stein. Herr ist er
über Handlanger
und Tellerwäscher.

Herr ist er über die Angst. Die Klagenden
hat er geknebelt. Die Zornigen
hat er erschlagen. Die Sintflut
ist Wasser auf seine Mühlen. Er
verwaltet die Finsternis. Herr ist er
über den Tod

3

»... Es wird ihn Schrecken überfallen wie Wasser,
des Nachts wird ihn das Ungewitter fortnehmen.
Der Ostwind wird ihn wegführen, daß er hinfährt,
und ein Ungestüm wird ihn von seinem Ort treiben.
Er wird solches über ihn führen und wird sein nicht
schonen;
vor seiner Hand muß er fliehen und wieder fliehen.
Man wird über ihn mit den Händen klatschen
und über ihn zischen, wo er gewesen ist...«

(Hier heißen alle Leute Hiob)

4

Geier hocken auf den Triumphbögen
am Mittag. Der Wind trägt die Gärten
den Wüsten zu. Der Himmel versteinert
über der Stadt. In den Glashäusern
wartet der Schachtelhalm
auf seine Zeit.

(So hörte ich reden)

5

Hier heißen alle Leute Hiob. Die Wälder
kommen als Zeitung ins Haus. Die Berge
erheben sich jenseits der Nacht. Der Himmel
ist ein Mosaik
aus Hinterhöfen.

An den Feuern der Obdachlosen
lege ich mich schlafen. Die Hungernden
teilen mit mir Brot und Tabak. Almosen
empfange ich von den Bettlern. Die Stummen
sprechen mir Mut zu. Die Berge
nenne ich Brüder.

Mit den Wäldern tausche ich
den Schatten. Auf dem Wasser der Flüsse
zieht mein Gesicht meerwärts. Der Tag steigt auf
wie ein Wetterleuchten
und vergeht.

6

»Für wen vertut ihr den Tag in Baugruben
und Fabriken? Für welchen Verrat laßt ihr euch
die Taschen füllen am Freitag? Wem gehört
die Villa über dem Fluß? Wen wird die Bombe erschlagen,
die ihr vom Fließband hebt? Für welchen Popanz
haltet ihr die Knochen hin? Seht: Schon flüstern
seine Spitzel über ihn, und seine Söldner
sehen ihn an wie ein Opfer. Dahin ist der Ruhm
und das Glück seines Namens. Die Angst geht an Deck
seiner Schiffe. Wickelt die Fußlappen ab,
die Grabtücher und Fahnen! Nicht länger
soll er die Küsten tränken
mit unserem Blut. Die Spatzen pfeifen
seinen Untergang
von allen Dächern.«

7

Heringsschwärme fliegen auf
über den Fischmärkten. Brüllend drängt das Vieh
aus den Schlachthöfen auf die Weiden. Die Berge
fordern ihre Schätze zurück. Die Heimatlosen
erobern das Land. In den Schenken
würfeln die Durstigen
um das Meer.

Große Ereignisse werfen ihr Licht
über die Kontinente. Die Blinden sehen
die Zeichen am Himmel. Die Stummen rufen
die Zukunft aus. Die Ohnmächtigen
übernehmen die Macht.

In den Ebenen senkt der Himmel
seine Wurzeln. Die Flüsse
kehren zurück
zu den Quellen.

Die Dummheit liefert uns ans Messer

Ein Streitgespräch in zehn Sonetten

Rechts und Links

Was uns betrifft: wir wüßten es gern besser.
Jedoch wir sehn, wohin wir schauen aus
den Feuerstrahl und das gezückte Messer
und hörn den Donner rechts und links vom Haus.

Wir riefen gern: Die Welt wird schließlich besser,
wir haben Zeichen, daß sie es schon ist!
Statt dessen sehn wir: nur ein Abgewässer,
drein Leviathan wirft seinen Kot und pißt.

Wir sind mit Wahrheit bitterbös in Fühlung,
doch was wir tun, ist nur ein Wassertreten
im Wasserrad für Deutschlands Wasserspülung;

den Bach hinunter: Worte, Taten, Blut.
Was tun wir denn, als nur ein Unkraut jäten,
das, kaum gerupft, schon wieder wachsen tut.

Christoph Meckel

Antwort

Was mich betrifft: Ich weiß es besser
(und weiß doch auch nicht ein und aus).
Ich weiß: Die Dummheit liefert uns ans Messer
und setzt uns einen roten Hahn aufs Haus.

Du klagst, als wären es Naturgewalten,
was uns da brüllend in die Messer treibt,
als gäbs nicht Herrn, die Finsternis verwalten,
damit es dunkel in den Köpfen bleibt.

Wir sind mit Dummheit bitterbös in Fühlung
(und kaufen schließlich, wenn wir leisetreten,
die Sintflut ein als komfortable Wasserspülung).

Es nützt dir nichts, die Dummheit zu verachten.
Statt ihm die Läuse aus dem Pelz zu jäten,
lad ich dich ein, den Leviathan zu schlachten!

Volker von Törne

Fortsetzung des Gesprächs

1

Den Leviathan zu schlachten – das wär gut!
Doch kann, wer das verspricht, sein Wort nicht halten.
So schlacht ihn doch, zeig mir sein saures Blut
und setz den Fuß auf seine Nackenfalten!

Wir sprachen nie noch von Naturgewalten.
Wir zeigten mit dem Finger: Den und den,
und liefen, ihm den Spiegel vorzuhalten,
da soll er seinen Wanst verdeutlicht sehn.

Wir sitzen nicht an Babylons Gewässern,
und Illusionen sind ein fauler Rest
die mir Vernunft und Ingrimm nicht verwässern;

wir sitzen bös in unsern Versen fest.
Bild dir nicht ein, daß sich was ändern läßt,
wenn du betonst: Die Welt sei zu verbessern.

2

Wenn wir nicht sagten: Es wird weitergehn,
und fluchten nur, und träten auf der Stelle,
dann packte uns die nächste Sintflutwelle
und keiner könnt fürn Groschen grade stehn.

Ich steh dafür: Ein saubres Haus bereiten
für jeden, der nicht tanzt auf unserm Dach,
doch sind mir zu gering die Möglichkeiten:
der Kopf ist zornig, doch das Wort ist schwach.

Der Vers ein Beil, die Könige zu köpfen
und ihre feisten Clowne, Köche, Henker –
hélas! Die Kraft, das Pack sich vorzuknöpfen,

liegt nicht im Volk der Dichter und der Denker –
so müssen wir, weil wir nicht anders heißen,
das Brett vom Kopf des dummen August reißen.

Christoph Meckel

Weitere Antwort und Fortsetzung des Gesprächs

1

Hört endlich auf, dies Volk zu schelten,
das taumelnd nach Chimären jagt!
Es ist verroht. Das laß ich gelten.
Doch glaub ich nicht, daß ihms behagt.

Hört auf, die Leute zu verachten!
Sie sind geschlagen: taub und blind.
Sie wollen sich den Himmel pachten
und nehmen Wohnung dann im Wind.

Laßt sie aus ihren Wolken kippen.
Brennt ihnen Verse auf die Haut.
Schlagt ihnen Lieder auf die Lippen.
Sagt ihnen, wer die Welt versaut.

(Nennst du den Schlachthof Labyrinth,
machst du der Wahrheit noch kein Kind!)

2

So blieb es trotz Krisen und Börsenkrach,
trotz Kriegen und Revolutionen:
sie nennen den Himmel ihr Haus und ihr Dach
und bitten, den Rasen zu schonen.

Sie riechen den Braten, sie riechen den Fisch,
sie nagen an Knochen und Gräten,
sie hocken knurrend unter dem Tisch
und lehren die Kinder beten.

Sie lecken den Herren den eisernen Schuh,
sie lesen die Zeitung und nicken dazu
und warten auf Notstandsgesetze.

Sie reden von Ruhe und Bürgerpflicht
und schleppen die Wahrheit vor Gericht
als kommunistische Metze.

3

Wenn ich die Zeitung lese, möcht ich brüllen
zu dem, was sie uns da serviern,
daß sie uns so den Kopf mit Unrat füllen,
damit sie uns dann leichter noch regiern!

Seid ihr denn ganz und gar verblödet?
Hat euch der letzte Krieg noch nicht genügt?
Wollt ihr am Ende, daß die Welt noch ganz verödet,
daß man so weiter mordet, brennt und lügt?

Wollt ihr denn immer nur die Hände falten,
damit die Herrn, die Finsternis verwalten,
uns schlachten können Glied um Glied?

Wenn sie mit eurem Blut Geschichte schreiben,
dürft ihr die Höflichkeit nicht übertreiben
und Freiheit sagen statt Profit!

Volker von Törne

Fortsetzung des Gesprächs

Wir drehn mit Worten schwarze Karusselle,
die Melodie stammt nicht vom Karneval,
und dem und jenem wird von Fall zu Fall
der Hintern schwindlig und die Fahrt zu schnelle.

Das wollen wir hoffen, sonst: Zieh ab, pack ein
(wir geben ihm Erlaubnis, auszutreten)
setz er sich fest im Haus aus Elfenbein,
dreh er sein Örgelchen und mach Moneten.

Dies unser Haus, je wackliger je länger
braucht keinen applaudierten Wohlstandssänger,
das Karussell macht den Applaus entbehrlich.

Wir würden gern die Leut so lange drehen
bis sie von selbst den Mechanismus sehen
und rufen: Halt! Das Ding ist zu gefährlich –.

Christoph Meckel

Klage und erneute Einladung

Noch ist nicht Abend aller Tage!
Wenn auch die Finsternis schon nach uns greift:
Ihr habt kein Recht zur Totenklage,
solang noch Wind durch unsre Zähne pfeift!

Ach, säßen wir an Babylons Gewässern!
Es ist der Styx, der uns die Hälse netzt.
Ich sag's noch einmal: Diese Welt zu bessern
ist alles, was uns bleibt zuletzt.

Setzt euch zur Wehr! Macht euch nicht klein!
Sonst läd der Leviathan euch ein,
In seinem Wanst zu übernachten;

da sitzt ihr dann in Finsternis,
bis er euch freigibt als Beschiß –:
Ich lad euch ein, das Vieh zu schlachten!

Volker von Törne

So haben wir nun hin und her gesprochen
und die Verhältnisse sind, wie sie sind.
Der Leviathan kommt seines Wegs gekrochen
und unsre Worte gehen mit dem Wind.

Das wär ein Elend, wenn nichts weiter wäre.
Ich schreib den Schlußsatz unter das Sonett:
Der Vers ist Futter nicht für die Chimäre,
der Leviathan kriegt Angst, er wird nicht fett –.

Wie kann sich das Gedicht Gehör verschaffen
bei wem, wann, wo und wie (vorausgesetzt
es klimpert nicht wie Schlaflied oder Waffen)?

Ein Atemzug, ein Donner – und zuletzt
das Lied vom Zirkusclown und seinem Affen:
»Ihr werdet sehn, die Welt wird umbesetzt!«

Christoph Meckel

Der Affe will die Freiheit nicht

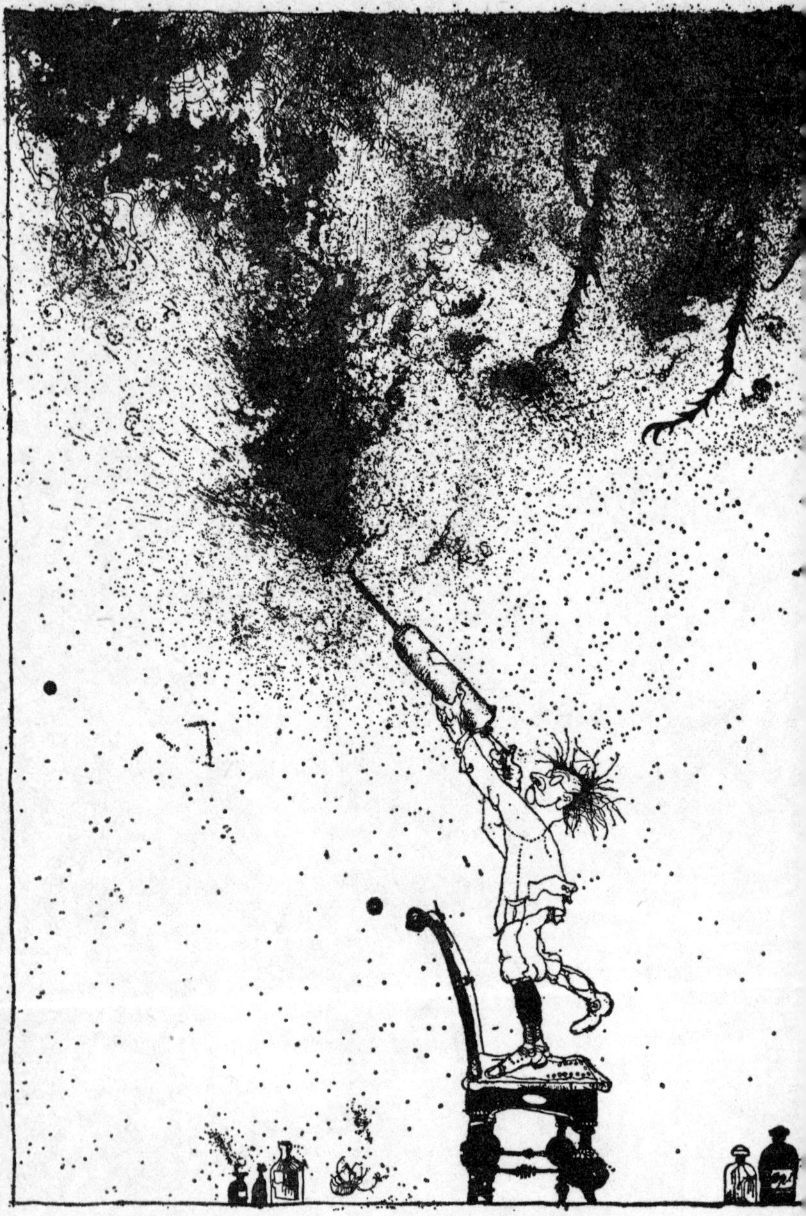

Parabel

Doktor K. erfüllte einen Hund mit der größten Abneigung gegen sich, indem er ihn verwundete und ihm, sooft er ihn sah, jede mögliche Pein zufügte. Als das Gefühl des Hundes gegen Doktor K. nun den Höhepunkt erreicht hatte derart, daß jener wütend wurde, wenn er diesen nur sah und hörte, stach Doktor K. ihm die Augen aus. Daraufhin konnte Doktor K. an den Hund herankommen, ohne daß dieser Abneigung zeigte. Sobald Doktor K. jedoch sprach, ging die Wut des Hundes wieder los. Nun zerstörte Doktor K. das Gehör des Hundes, und nachdem die Entzündung vorbei war, füllte er dessen Ohren mit Wachs. Jetzt war der Hund still, und Doktor K. konnte ihn streicheln; der Hund schien dafür sogar dankbar.

2

So ist die Welt! Wir wollens nicht verschweigen.
Der Teufel schwängere seine Braut!
Die Wölfe heulen. Drachen steigen.
Und Pleitegeier krächzen laut.

So ist die Welt! Hier heißts: Bestehen!
Hier nimmt das Unheil seinen Lauf.
Wärs nicht am besten, gar nicht hinzusehen?
Wohlan! Nehmt euren Tod in Kauf!

3

So mancher würd sich gern den Bauch beschweren
mit Käse, Braten, Brot und Wein.
Wer nichts ererbt, muß Rauch verzehren
und hüllt in Lumpen sein Gebein.

Und ging doch gern in Samt und Seide
und träumt sich Kutschen, Pferde, ein Palais.
Und fährt dahin am Abend, daß ihn kleide
eine Handvoll Erde, eine Handvoll Schnee.

4

Der Ritt auf dem Borstenschwein

Ein zehnjähriges Mädchen trägt auf dem Kreuzbein schwärzliche, borstenartige Haare. Die Mutter geht in den ersten Monaten ihrer Schwangerschaft abends im Halbdunkel nach Hause und kommt, während sie in die Haustür treten will, auf den hinteren Teil eines schwarzen Schweines zu reiten, welches auf der Diele frißt. Sie erschrickt sich, denkt wiederholt daran, ob es auch wohl ihrer Frucht nachteilig sein könnte und gebiert später ein Kind mit diesen schwarzen Haaren.

5

Lächelnder Cupido

Eine feingebildete Dame hatte die Angewohnheit, vor einer Gruppe Statuetten zu sitzen, in deren eine Figur sie sich ganz besonders verliebt hatte. Dies war der ausruhende Cupido, seine Wange auf dem Rücken der Hand ruhend. Als das Kind geboren wurde, zeigte es eine auffallende Ähnlichkeit in Gestalt und Gesichtsausdruck mit dem kleinen Cupido. Als man den Knaben in seiner Wiege sah, bemerkte man, daß er genau dieselbe Stellung angenommen hatte wie die Figur; diese Stellung hielt er unverändert und natürlich und unwillkürlich im Schlafe und nicht nur allein in seiner Kindheit, sondern auch im vorgeschrittenen Alter.

6

Den einen seht, der mit dem Hunger kämpft,
und jedes Mittel ist ihm recht!
Worin der andere seine Knödel dämpft:
Vom Wasser lebt er, wenn auch schlecht.

Seht ihn euch an! Der wird sich ducken,
bis ihm das Wasser aus den Augen läuft.
So einer müßte erst die Sintflut schlucken,
eh er den andren drin ersäuft!

7

Parabel (utopisch)

Doktor K. gewann durch gute Behandlung eines Hundes Liebe und Vertrauen. Nun ging er von Verstümmelung zu Verstümmelung, bis der Hund weder Ohren noch Pfoten mehr hatte. Eine Weile lang sah er seinem Herrn noch erstaunt ins Gesicht und leckte dessen Hand, bis sich endlich unter dem Übermaß der Qual seine Liebe in Haß verwandelte.

Vom Fortgehn

Verzehrt hat den Zorn, die Hoffnung auch
mein Herz, das Fabeltier.
Ich kleide mich dunkel in Asche und Rauch:
Ich bleib nicht länger hier.

Ich nehme den Himmel huckepack:
meine blaue Harmonika.
Ich stopfe mein Pfeifchen mit schwarzem Tabak
und zieh nach Utopia.

Ich trage den Mond, mein Amulett,
durch tausendundeinen Traum.
Ich teile mit Engeln den Tisch und das Bett:
das Gras unterm Regenbaum.

Ich fliege Drachen und Spatzen nach
im Wind, meinem Aeroplan.
Ich stürze den Herren der Welt auf das Dach:
im Arm meinen roten Hahn.

Hochzeitslied

Ich will dir ein Haus bereiten:
Wände aus Wasser und Wind,
ein Dach aus den Dunkelheiten
der Himmel, die über uns sind.

Ich will dich im Feuer erkennen:
im Flugschutt unter dem Eis,
wenn unsere Schatten brennen
als der Liebe letzter Beweis.

An . . .

Wenn dein Topf groß genug ist
für die Sintflut, kannst du
dir eine Suppe kochen.

Wenn du noch hungrig bist,
legt dir der Vogel Roc
ein Ei in die Pfanne.

Schlachte dein Einhorn,
verpack es in Büchsen
als Eiserne Ration.

Bald hängt dir der Himmel
sein mächtiges Euter
in den Mund.

Phallobst

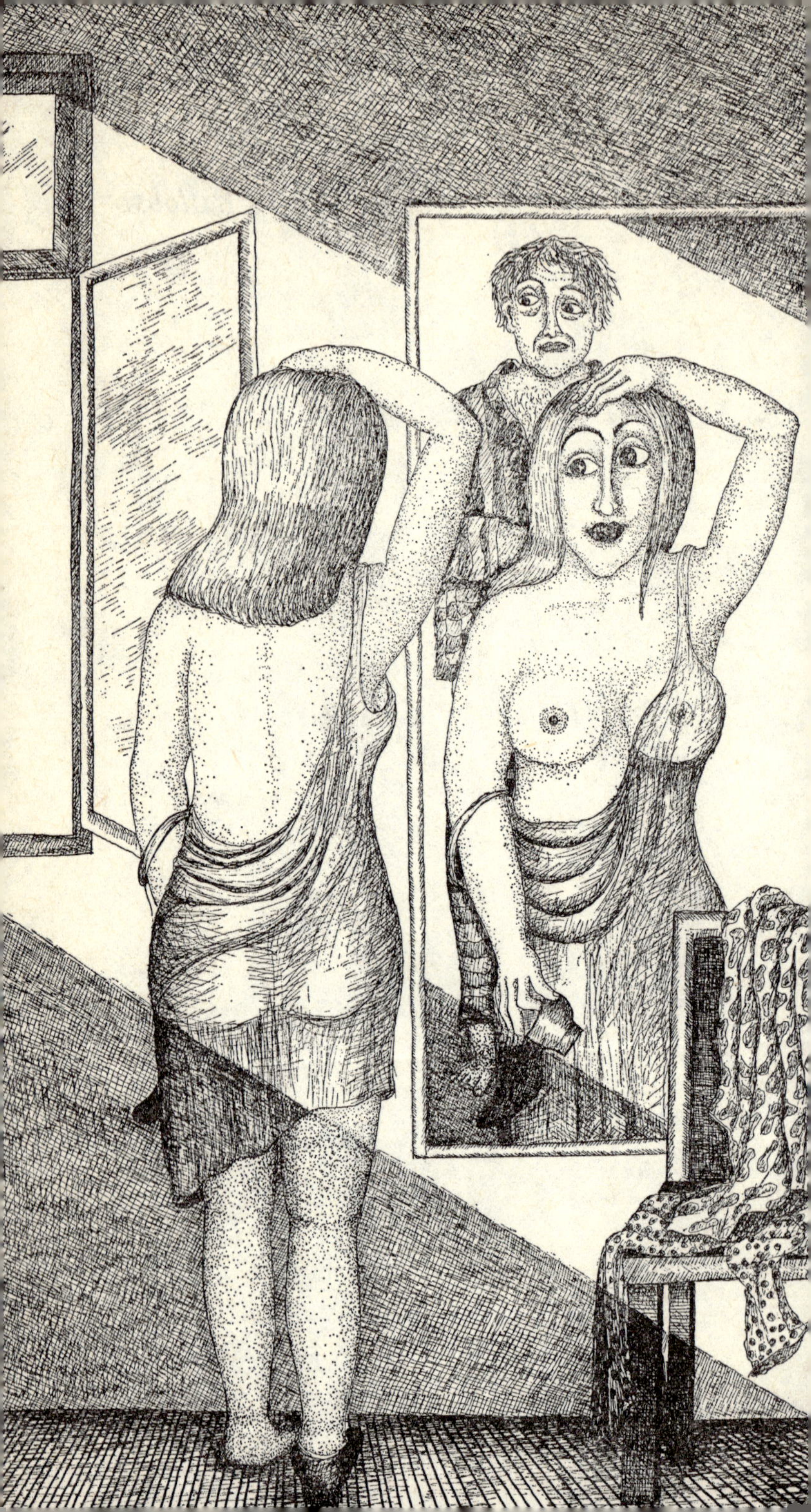

Schnorrerlied, durch die Hintertür zu singen

Seid gegrüßt, ihr Mademoisellchen
Pfarrerstöchter, Kaltmamsellchen,
kocht mir Pudding und Ragout
und steckt mir ein Pfläumchen zu.
  Schließt die Augen, seufzst von Liebe,
  bis ich mit Euch Kegeln schiebe,
  bis die Diele ächzst und kracht:
  Das ist eine Himmelsmacht!
Weil ich ungern was verwehre,
wird die Lust mir zur Galeere,
und ich werde müd und faul,
wie ein Oldenburger Gaul.
  Wie soll ich mich vor Euch retten,
  Euren hausgemachten Betten,
  Eurem Hi und Ha und Hu,
  Eurem Pudding und Ragout?
Sucht euch einen andern Macker!
Ich bin kein Dukatenkacker,
saufe Schnaps und schmök Tabak,
trag ins Leihhaus meinen Frack,
  bring zum Trödler den Zylinder,
  ach, was bin ich für ein Sünder:
  stell mich stumm und stell mich taub,
  mach mich schleunigst aus dem Staub.

Therese

Die Abendglocken bimmeln.
Ich bin ein Ehrenmann.
Willst du denn verschimmeln?
Komm mit nach Kanaan!
  Tanz mit mir, Therese,
  bis wir schwindlig sind!
  In unserer Diözese
  bist du das schönste Kind.
Es schmettern die Trompeten.
Die Pauke macht bumbum.
Morgen kannst du beten
bis zum Delirium.
  Hopsassa, Therese,
  mach die Augen zu!
  Was hältst du von Askese,
  wenn ich bei dir ruh?
Laß dich nicht erschrecken!
Ich zeig dir dies und das.
Kein Mensch wird uns entdecken
im hohen Sommergras.
  Zieh dich aus, Therese,
  sonst drückst du dein Kleid!
  Du bist mir doch nicht böse,
  wenn der Kuckuck schreit?

Lied der Jungfrau hinterm Zaun

Ach, es reift so manche Pflaum
in so manchem Garten,
unter dem Machandelbaum
will ich dich erwarten.

Komm, mein kleiner Gernegroß,
küß mich auf die Wimpern,
gib mir einen Gnadenstoß,
laß dein Kleingeld klimpern!

Platz ist auch im kleinsten Raum,
um dich zu bewirten,
unter dem Machandelbaum
brichst du meine Myrten.

Komm, mein tapfres Schneiderlein,
laß dich überrumpeln,
komm du sollst auf einem Bein
in den Himmel humpeln!

Wechselgesang für zwei gleichgestimmte Seelen

Sie:
Kalbsfilet und Schweinekamm,
Hummermajonaise:
Rück ein Stückchen an mich ran
auf der Doppelchaise!

Er:
Leg dein Köpfchen an mein Herz!
Hörst du es jetzt klopfen?
Ich will mir den Entensterz
in den Hals noch stopfen.

Sie:
Spargelspitzen, Sellerie,
Erbsen und Zitronen:
Deine Hand auf meinem Knie
soll mich reich belohnen.

Er:
Zwetschgenwasser, Korn und Kirsch:
Du darfst mich traktieren,
wenn wir deinen alten Hirsch
mit 12 Enden zieren.

Tippellied

Bäurin, dreh dir Locken
Im Stalle muht ein Rind
Die Wiesen sind schon trocken
Es weht ein lauer Wind
Der Bauer melkt die Kühe
Im Stalle grunzt das Schwein
Kochst du mir fette Brühe
Will ich dein Liebster sein

Mach dich auf die Socken
Bäurin, sei geschwind
Die Wiesen sind schon trocken
Es weht ein lauer Wind
Der Bauer ißt Kartoffeln
Und trinkt sein Märzenbier
Du wärmst ihm die Pantoffeln
Und schläfst heut nacht bei mir

Welch gewaltge Brocken
Deine Brüste sind
Die Wiesen sind schon trocken
Es weht ein lauer Wind
Der Bauer in der Stube
Studiert den Grünen Plan
Und ich bin dein Herzbube
Heut bis zum ersten Hahn

Hock nicht hinterm Rocken
Bis wir gestorben sind
Die Wiesen sind schon trocken
Es weht ein lauer Wind
Laß dir die Haare färben
Mal dir die Lippen rot
Der Bauer braucht sein Erben
Und ich ein Schinkenbrot

Wenn dann weiße Flocken
Wirbeln um das Haus
Legst du den Erben trocken
So um Sankt Nikolaus
Tisch auf den Gänsebraten
Und gieß die Schnäpse ein
Der Pastor und die Paten
Wolln auch bewirtet sein

Einladung einer reiferen Dame zur Besichtigung eines Grundstücks

Setz dich zu mir, schöner Knabe,
trink mit mir ein Täßchen Tee,
ach, du rätst nicht, was ich habe
hinterm Berg und überm See.

Nicht so hastig, du mußt warten,
bis ich mit dir weitergeh,
komm, ich zeig dir meinen Garten
hinterm Berg und überm See!

Willst du nicht die Äpfel pflücken,
willst du nicht im grünen Klee
dich nach reifen Pflaumen bücken
hinterm Berg und überm See?

Flieg nicht fort, mein weißer Rabe,
schmilz nicht weg, mein heißer Schnee,
nicht so schnell, mein schöner Knabe,
wenn ich mit dir schlafen geh
hinterm Berg und überm See!

Lied von den Helden in dieser Zeit

1

Leute, nutzt das bißchen Zeit:
Ihr bleibt nicht immer jung!
Es ist von hier zur Ewigkeit
nur ein Katzensprung:
Otto starb fürs Vaterland.
Emil aß zu fett.
Bruno rauchte Stuyvesant.
Konrad starb im Bett.
Gustav hat zuviel gewußt.
Paulchen soff Absinth.
Erwin schoß sich durch die Brust.
Und alle holt der Wind:
Setzt euch auf die Stühle
und schlagt auf den Tisch!
Die höheren Gefühle
sind oft trügerisch.

2

Leute, macht euch nicht zu breit:
Bald kommt die Dämmerung!
Es ist von hier zur Ewigkeit
nur ein Katzensprung:
Gunther war ein Gentleman,
liebte schöne Fraun,
flog davon mit der PanAm,
das hat ihn umgehaun.
August hat sich nachts verkühlt.
Sigismund nahm Gift.
Josef hat sich stark gefühlt.
S ist keiner, dens nicht trifft:
Füllt euch eure Teller,
trinkt die Becher aus,
leert die Schüsseln schneller!
Die Nacht steht überm Haus.

3

Wenn ihr auch um Hilfe schreit:
Die Nacht ist auf dem Sprung!
Es ist von hier zur Ewigkeit
nur ein Katzensprung:
Hugo fuhr mit dem VW.
Robert nahm den Strick.
Felix trank nur Kräutertee
und brach sich das Genick.
Rudolf war vom Krieg marod,
mußt ins Wasser gehn.
Einer schlägt den andern tot.
Wie ist die Welt so schön:
Legt euch in die Betten,
wie ihrs immer tut!
Ihr seid nicht mehr zu retten:
Adieu! Und macht es gut.

Lied, der Freiheit ein Kind zu machen

Mädchen, willst du Jungfrau bleiben?
Wir sind doch nur einmal jung!
Woll'n wir's nicht zusammen treiben
in der roten Dämmerung?

Ei, ich greif dir unters Mieder,
denn ich weiß, das ist dir recht!
Denn du hast ja glatte Glieder
und dein Busen, der ist echt!
(In der roten Dämmerung!)

Manche Herr'n in Bonn am Rheine
haben Köpfe voller Stroh,
aber du hast lange Beine
und die enden irgendwo.
(In der roten Dämmerung)

Komm, zieh aus die Notstandsröcke!
Mädchen, geh doch endlich fremd,
denn die alten braunen Böcke
sind doch längst schon impotent.
(Und sie enden irgendwo in der roten Dämmerung!)

Auf der Elbchaussee

Ich sah dich in der Straßenbahn
In Hamburg wars. Ich sprach dich an
Vor zwanzig Jahren wars genau
Wo sind sie hin, geliebte Frau?
Ach! fern ist jener Julitag
Da ich an deinem Munde lag

Ich lag mit dir im Sommerkraut
Die Sonne glühte auf der Haut
Wir sahn die Schiffe meerwärts ziehn
Mein Kopf lag weich auf deinen Knien
Und deine Hände, braun und klein
Ruhten sanft auf meinem Bein

Ein Schatten fiel auf dein Gesicht
Ein Schäfer ging durchs Mittagslicht
Er pfiff nach seinem Hütehund
Da lag mein Mund auf deinem Mund
Und über uns am Himmel fern
Stand im Blau der Abendstern

Wir lagen da die ganze Nacht
Du hast mich stumm und satt gemacht
Mit deiner Lippen wundem Rot
Mit deines Leibes frischem Brot
Ich könnte weinen, denk ich dran
Heute hier als alter Mann

Ich stehe auf der Elbchaussee
Und suche deine Spur im Schnee
Noch immer fahren Schiffe hier
Ich gehe weiter, weil ich frier
Ich grüß die Möwen, hoch im Wind
Und dich, wenn du noch lebst, mein Kind

Piratensong

Manchmal nachts an fernen Stränden
Stapfen wir durchs Watt, Piraten
Enterhaken in den Händen
Um ins Meer hinauszuwaten
Und wir folgen den Gesängen
Der Sirenen auf den Klippen
Kalte Stummelpfeifen hängen
Zwischen Bärten uns und Lippen

Jede Bordwand zu erklettern
Und ein Kaperschiff zu takeln
Schwingen wir in allen Wettern
Unsre blanken Enterhaken
Hehaho! Des Bootsmanns Pfeife
Läßt uns tanzen, und wir schwitzen
Hoch im Wind die Möwen streifen
Unsre kampfzerfetzten Mützen

Stürme treiben uns an Küsten
Ferner niegesehner Länder
Und von fremder Bräute Brüsten
Lösen wir brokatne Bänder
Und es kreisen Branntweinflaschen
Und die schwarze Flagge knattert
Bis der Himmel, frisch gewaschen
Blau im Morgenwinde flattert

Eh Orkane uns verschlingen
Und wir brüllend untergehen
Laßt uns einen Shanty singen
Hehaho! Die Stürme wehen
Trinken wir den Branntwein besser
Heute aus! Denn Wasser prasseln
Uns in unsre Branntweinfässer
Wenn wir in den Mahlstrom rasseln

Die sehr widersprüchlichen Wandlungen des Eulenspiegel

1

Laut kräht es aus Tills Wetterhahn:
Es nagt am Jahr der Zeiten Zahn.
Beharrlich wachsen Bart und Haar
von Januar bis Februar.

2

Der Märzwind weht, mein lieber Schwan
und Elefant im Porzellan.
Der Frühling naht sich mit Gebrüll:
April, April! ruft unser Till.

3

Der Mai macht alle Gräser grün.
Die Kühe auf die Wiese ziehn.
Der Bauer greift zum Forkenstiel.
Im Juni denkt sich Till nicht viel.

4

Im Juli Schmetterlinge schwirrn
um Mädchen, die durch Gärten irrn,
bis Till an ihrer Apfelbrust
sich süß verköstigt im August.

5

September wirds. Die Astern blühn.
Die Stare bald nach Süden fliehn.
Wer hat für Till ein Bett bereit,
wenns im Oktober Blätter schneit?

6

Till, schlaf dich aus! Denn im November
versäumst du nichts. Komm im Dezember,
wenn in den Pfannen schmorn die Karpfen
und Engel fromm von Frieden harpfen.

Kopfüberhals

Friedenauer Himmelfahrt

Sonettenkranz, allegretto

1

So wird er euch das Lied der Lieder singen
Der Gaukler und aus Staub gemachte Faun
Hier unterm blühenden Kastanienbaum
Läßt er für euch des Himmels Harfe klingen

Legt euch zu ihm. Die Erde unterm Rücken
Die Augen angefüllt mit blauem Licht
So treiben wir durchs Kraut des Sommers, nicht
Fürchtend der Schlange Biß und Stich der Mücken

Was ängstigt uns der Düsenjäger Heulen
Und was der Panzer Rasseln auf den Straßen
Helás! Beim Untergang des Abendlands

Beim Bockshorn Pans und bei Athenes Eule
Es läßt der Törne hier mit sich nicht spaßen
Wie einst Petrarca windet er den Kranz

2

Wie einst Petrarca windet er den Kranz
Der Poesie. Des Proletariats Muskote
Hier tritt er auf als Venus Götterbote
Und lädt, ein neuer Paris, euch zum Tanz

Lädt dich, du einzige –: zahllos wie Sand
Der Troja deckte – ach, wer kann euch zählen
Wer kann die Schönste von euch Schönen wählen
Für jede Helena ist er entbrannt

Lädt euch, die diese Herzensseufzer hören
In seiner Verse südliches Spalier
Ihr Töchter jeder Stadt und jeden Lands

In seiner Jugend irrendem Betören
Weiht euch der Dichter dieses Denkmal hier
Ganz aus Sonetten, Freunde, seht: er kanns

3

Ganz aus Sonetten, Freunde, seht: er kanns
Baut er der Dichtkunst eine Barrikade
Und an der Havel sandigem Gestade
Harrt er getrost des Danks des Vaterlands

Der Dichter, der vom Löffel tropfen läßt
Des Honigs Süße auf die Butterschrippe
Und in den Milchkaffee taucht seine Lippe
Ausschlürfend ihn bis auf den schwarzen Rest

Geduldig wartend auf Veränderung
Schon schwingt die Welt so schnell um ihre Achse
Daß Pflastersteine aus den Straßen springen

Mischt seine Verse er hier in den Dung
Und läßt die Bäume in den Himmel wachsen
Nur einem Dichter wird solch Werk gelingen

4

Nur einem Dichter wird solch Werk gelingen
Ist leicht gesagt: Mein Wort wird keinen Berg
Versetzen hier und keinen Gartenzwerg
In diesem Lande in Bewegung bringen

Was soll ich tun? Ich heule mit den Hunden
In dieser schönen Landschaft aus Beton
Kämm ich mir meinen Wolfspelz auf Fasson
Und kläffe, jedem Kettenhund verbunden

Den Mond an, der mit fünfundzwanzig Watt
Am Himmel baumelt, bleich und winzig wie
Die Schrippen, die sie hierzulande backen

Ich hab dies Hundeleben restlos satt
Ein Dichter lebt hier schlechter als das Vieh
Sagt mir adieu! Ich will den Koffer packen

5

Sagt mir adieu! Ich will den Koffer packen
Nie wieder tret ich auf als Conferencier
Und Clown im deutschen Dichtervarieté
O wärs nicht leichter, eine Bank zu knacken

Als übern Tisch gebeugt mit krummem Rücken
Und Willy Steputats Reimlexikon
Sonette hier für einen Hungerlohn
Auf das geduldige Papier zu flicken

Brotlose Kunst! Im Schleim auf allen Vieren
Durch Ärsche kriechend in der Spur der Schnecken
Mit leeren Därmen und zerschundnem Steiß

Bist du das dümmste Tier von allen Tieren
Wohlan! abschwör ich allen höhren Zwecken
Heut ich erklär, so wahr ich Törne heiß

6

Heut ich erklär, so wahr ich Törne heiß
Und hier in Friedenau zur Miete wohne
Und um das bißchen nackten Luxus frone
Daß ich von nun an auf Almosen scheiß

Nur wer Moneten hat, der ist auch was
Und dies Sonett, Madame, bringt keine Zinsen
So geht ein deutscher Dichter in die Binsen
Und steigt für immer runter vom Parnaß

Reicht die Papiere mir. Ich will mich sputen
Ich trage meine Knochen auf den Markt
Und geb mich ganz der freien Wirtschaft preis

Ich annoncier – so wendet sichs zum Guten
Schon ist mein Haar geschnitten und geharkt
Meinen Verzicht auf den Petrarca-Preis

7

Meinen Verzicht auf den Petrarca-Preis
Beschwör ich hier bei Lauras blauen Augen
Soll ich ein Epos mir aus meinen Fingern saugen
Zu deinem Ruhme, Beatrice? Wer weiß

Was aus mir hätte werden können, wenn
Ich dummer Hund an kurzer Liebeskette
Nicht sieben lange Jahr für dich Sonette
Hätte gekläfft – o heiß ich Rilke denn?

Eurydike, laß deine Tränen rinnen
Nie wieder wird vor dir auf seinen Knien
Dein Orpheus Hymnen auf der Harfe hacken

Ein deutscher Dichter bin ich und von Sinnen
Es geht, Diotima, dein Hölderlin
Kalt spüre ich die Nacht in meinem Nacken

8

Kalt spüre ich die Nacht in meinem Nacken
Schon fallen mir die Zähne aus dem Mund
Ich hätte doch nicht rauchen sollen und
Nicht saufen wie im Winter die Kosaken

O hätt ich nie gesehen eine Theke
Und nie die grünen Flaschen aus Cognac
Den scharfen Schnäpsen fluchend, dem Tabak
Lieg ich, ein alter Sünder, hier und quäke

Nach mildem Tee und Zwieback und Arznei
Nach Pfefferminze stink ich, nach Kamille
Stoß ich schon auf. Wo gibts noch was zu kauen?

Ein Beefsteak, saftig, tellergroß! Vorbei
Die Zeit des Fleisches. Um mich wächst die Stille
Vergeßt mich, Freunde und ihr schönen Frauen

9

Vergeßt mich, Freunde und ihr schönen Frauen
Laßt ab von mir, der nackt hier vor euch steht
Der Bruder Leichtfuß, der nun von euch geht
Nach drüben, wie ihrs wolltet, abzuhauen

Der sich empfiehlt mit einem letzten Merde
Der Sansculotte, ihr habt ihn endlich klein
Schutzlos ist seine Schläfe, Bruder Kain
Schlag zu: Ich überlasse dir die Erde

In dieser Mördergrube unter Linden
Wird eine Dichterstelle nun vakant
Dies schreibe ich auf meine eigne Stele:

Ein Bettler Einaug war er unter Blinden
In diesem ruß-blut-gold beflaggten Land
Leb wohl, Geliebte meiner armen Seele

10

Leb wohl, Geliebte meiner armen Seele
An die ich einst im Mai mein Herz gehängt
Den blinden Muskel, der mich weiterdrängt
In Angst und Lust mir pochend bis zur Kehle

Dies Lamm in mir, wo soll ich es nun weiden?
Vor deinen Augen reiß ichs mir heraus
Dies zuckend Fleisch und meiner Liebe Haus
Mit deines Küchenmessers blanker Schneide

Mach Hackfleisch draus, Bouletten, oder koche
Mit Tränensalz es für den Winter ein
Serviers dem Herrn Gemahl, damit sein Leib

Sich runde wie ein Mond um seine Knochen
Nimm hin mein Herz, Geliebte. So solls sein
Dies ist der letzte Vers, den ich dir schreib

11

Dies ist der letzte Vers, den ich dir schreib
Wieviele Nächte lagst du mir zur Seite?
Bleib bei mir auch an diesem Abend heute
Daß meine Haut ich sanft an deiner reib

Daß wir noch einmal unsrer Herzen Glut
Anfachen mit dem Atem unsrer Lungen
Und Mund an Mund verschmelzen unsre Zungen
Und auf den Lippen mischt sich unser Blut

Noch einmal bin ich ganz in deiner Hand
Noch einmal will ich, wenn die Nacht beginnt
Auf dich und deine Liebe ganz vertrauen

Schlaf ein. Ich drehe mein Gesicht zur Wand
Und meine Augen sind von Tränen blind
Laß dir von andern nun Sonette bauen

12

Laß dir von andern nun Sonette bauen
Der Dichter hier zum letzten Mal in Pose
Mit langem Haar und windgebleichter Hose
Nimmt Abschied nun von euch, ihr schönen Frauen

Die er umschlungen hat in lauen Nächten
An Straßenecken und im hohen Gras
In dem ein junger Kiebitz schreiend saß
Ihr sollt ihm keinen Kranz aus Lorbeer flechten

Mit Lorbeer würzt man Kriege und die Braten
Setz dich zu mir: wir teilen Brot und Wein
Und wenn ich geh, sag nicht, daß ich dir fehle

Vorm ersten Hahnschrei wirst du mich verraten
Von Wein und Brot lebt hier kein Mensch allein
Verzeih, wenn ich mich leise von dir stehle

13

Verzeih, wenn ich mich leise von dir stehle
Aus dieser Welt, in der man mich genug
Mit harten Knüppeln auf den Schädel schlug
Und mir den Atem würgte aus der Kehle

Aus meiner Haut ist nichts mehr rauszupressen
Für immer schweb ich fort von eurem Stern
Ihr Händler und ihr Henker, habt mich gern
Ich werd im Paradies euch nicht vergessen

Wir sehn uns wieder! Beim gerechten Gott
Und seiner Engel Scharen in der Höh
Schwör ich Vergeltung: daß ich bald euch treib

Mit Knüppeln auf das himmlische Schafott
Wir werden tanzen, Mädchen. Sag adieu
Dem, der dir Verse brannte auf den Leib

14

Dem, der dir Verse brannte auf den Leib
Ein Troubadour des blutigsten Jahrhunderts
Verzagt und zornig – ach, wen wunderts
Daß ich seit langem keine Briefe schreib

Ist dem zu helfen, der mit weißem Kragen
Seit fünfzehn Jahren täglich im Büro
Für ein paar Piepen drischt das leere Stroh
Im stummen Mund die Zunge voller Fragen

Bleibt ihm vom Leib mit euren Medizinen
Dem Hungerleider, der im Steinbruch stand
Und ließ den Hammer auf dem Meißel klingen

Ein Doktor wird an ihm nichts mehr verdienen
Füllt ihm getrost den stummen Mund mit Sand
So wird er euch das Lied der Lieder singen

15

So wird er euch das Lied der Lieder singen
Wie einst Petrarca windet er den Kranz
Ganz aus Sonetten, Freunde, seht: er kanns
Nur einem Dichter wird solch Werk gelingen

Sagt mir adieu! Ich will den Koffer packen
Heut ich erklär, so wahr ich Törne heiß
Meinen Verzicht auf den Petrarca-Preis
Kalt spüre ich die Nacht in meinem Nacken

Vergeßt mich, Freunde und ihr schönen Frauen
Leb wohl, Geliebte meiner armen Seele
Dies ist der letzte Vers, den ich dir schreib

Laß dir von andern nun Sonette bauen
Verzeih, wenn ich mich leise von dir stehle
Dem, der dir Verse brannte auf den Leib

Am gleichen Strang

für Erich Fried

Wir ziehen doch beide
Am gleichen Strang:
Sagte der Boss
Zum Proleten

Sagte der Henker
Zum Mann unterm Galgen:
Wir ziehen doch beide
Am gleichen Strang

Zahltag

So gut ging es uns noch nie. Unaufhörlich
Werden die Mieten gesenkt. Ohne Unterlaß
Fallen die Preise. Die Schrippen
Werden immer größer

In Säcken schleppen wir am Zahltag
Unseren Lohn nachhause. Zum Frühstück
Trinken wir Sekt. Wir fahren Rolls Royce und essen
Den Kaviar pfundweise

In unseren Super-Jets fliegen wir nach Feierabend
Für ein paar Stunden zu den Bahamas. Die ewigen Diamanten
Hängen unseren Frauen schon
Bis an den Nabel

Bald wissen wir nicht mehr, wohin
Mit unserem Geld. Demnächst werden wir
Einen Fonds gründen müssen zur Unterstützung
Notleidender Millionäre

Steine

für Jannis Ritsos

1
Kein Feuer
Im Herd
Kein Rauch
Überm Haus

2
Keine Zeit
Zu leben
Keine Zeit
Zu sterben

3
Am Grund
Der Ägeis
Wandern
Die Steine

Lied vom Terroristen Karl Heinz Pawla

1

Hört die Schandtat von dem frechen
Karl Heinz Pawla aus Berlin
Dieser schwarze Sohn von Tschechen
Ohne Zucht und Disziplin
Lange Haare, ungewaschen
Und die Hände in den Taschen
Trat er vor das Landgericht
Als ein schlimmer Bösewicht

2

Finster stand der Lichtesscheue
In Justizias heilgem Haus
Ohne Demut, ohne Reue
Und zog sich die Schuhe aus
Alle Bürger warn erschrocken
Als er dastand in den Socken
Und er grinste ins Gesicht
Den hohen Herrn vom Landgericht

3

Schließlich trieb ers immer bunter
Ohne Zucht und ohne Scham
Er ließ seine Hosen runter
Weil ihm ein Bedürfnis kam
In Justizias heilgen Hallen
Ließ er hinter sich was fallen
Mitten in das Landgericht
Sowas tut ein Deutscher nicht

4

Das ging den Richtern an die Ehre
Ihre Würde war beschmutzt
Des Gesetzes ganze Schwere
Haben sie darob benutzt

Und den Strolch ins Loch geschmissen
Weil er aufs Gericht geschissen
Und so siegten Zucht und Pflicht
Vorm Berliner Landgericht

5

Die Moral von der Geschichte
Kommt dich ein Bedürfnis an
Vorm Berliner Landgerichte
Laß nichts fallen, deutscher Mann
Mach dich lieber in die Hose
Statt wie jener sittenlose
Terrorist und Bösewicht
Scheißen auf das Landgericht

Notstand

Dieben
Vertraute ich
Mein Haus an

Lügnern
Gab ich
Meine Stimme

Mörder
Bewachen
Meinen Schlaf

Rückzug

Fragt nicht
Nach mir

Die Richtung
Des Windes
Kann ich
Nicht ändern

Ohne Hut
Steh ich
Im Regen

So weit
Ist es
Gekommen

Freunde

Fragen eines chilenischen Genossen

Wer würde nicht gern
Die Freiheit erkämpfen
Mit Stimmzetteln
Und Reden!

Aber was ist
Wenn die Gefängnisse
Widerhallen von
Den Schreien unserer
Genossen? Sollen wir
Die Exekutionskommandos
Aufhalten mit
Flugblättern?

Wer würde nicht gern
Die Volksmacht verteidigen
Mit Leitartikeln
Und Dekreten!

Aber was ist
Wenn die Faschisten
Mit Gewehrkolben
An unsere Türen
Schlagen? Sollen wir
Uns freiwillig
An die Wand
Stellen?

Wer wäre nicht
Gegen Gewalt?

Aber was ist
Wenn uns das Chaos
Würgt im Namen
Der Ordnung?

Ballade von Helga M.

1

Frau Helga M. aus Dahlem hat
Beworben sich in unsrer Stadt
Sie möchte gern Beamtin wern
Und in der Schule Kinder lehrn
Doch gibt es Zweifel, ob sie stets
Auch steht auf unserm Grundgesetz

2

Als Helga M. Studentin war
Im schlimmen achtundsechzger Jahr
Sahn wir sie übern Kudamm ziehn
Mit den Studenten von Berlin
Sie trug ein rotes Fähnchen gar
Und hatte auch noch rotes Haar

3

Am Abend hat man oft gesehn
Sie zu geheimen Zirkeln gehn
Da las sie eifrig – wie fatal
Von Herrn Karl Marx das Kapital
Und das bekommt der Jugend schlecht
Wie die Gedichte von Herrn Brecht

4

Mit Arbeitern beim Diskutiern
Konnten wir sie fotografiern
Als sie vorm Tor bei Siemens stand
Mit einem Flugblatt in der Hand
Im Jahre siebzig wars im Mai
Die Polizei war auch dabei

5

O Helga M., wie sankst du tief
Mit dir in einem Bette schlief

Ein junger Mann mit langem Haar
Der in der Roten Hilfe war
Und in die SEW* eintrat
Zu untergraben unsern Staat

6

Was Freiheit ist, bestimmen wir
Ach, Helga M., was willst du hier
Du kannst doch gleich nach drüben gehn
Wo immer rote Fahnen wehn
Mit Marx und Engels und Lenin
Wirst du bei uns nicht Lehrerin

7

Ein Mensch wie du ist es nicht wert
Daß er hier unsre Kinder lehrt
Sonst wird er mit Karl Marx im Hirn
Auch unsre Kinder noch verwirrn
So daß am End nicht sicher ist
Was oben und was unten ist

* Nur ein Beispiel. Es gehen auch: KBW, KPD, DKP u. a. – wies beliebt: der Pluralismus unsrer Gesellschaft machts möglich.

Brief an meine Freunde

1

Freunde, ihr fragt: Lebt der Törne noch? Warum
Hat er solange geschwiegen? Blieb ihm die Spucke weg
Die poetische? Hat sein zorniges Herz
Sich verzehrt? Fiel er vom Himmel
In einem der Clipper von PAN? Ist er
Im stinkenden Wannsee ertrunken? Hat ihn
Ein Auto erwischt beim Gang
Ums Karree?

2

Freunde, laßt eure Fragen. Zuviel Papier
Wird nutzlos vertan von uns Poeten. Zuviel Genossen
Fielen im Feuer der Schlachten, während wir ihren Kampf
Besangen, satt und in Sicherheit. Zuviel starben
Und sterben auch jetzt in den Händen
Der Henker, während wir sitzen
Auf den Podien
Der Kongresse

3

Noch schlägt mein Herz, Freunde, heute hört ihr
Von mir, heute schreib ich euch diese Epistel, trunken
Von Trauer und Glück und des Himmels flutendem Blau
Heute schreib ich euch dieses Gedicht, während
Unsre Genossen tanzen, am 1. Mai 75
Unterm südlichen Himmel
In den Straßen der Stadt
HO TSCHI MINH

In der Schwebe

Ein neues Lied will ich euch singen
Nichts konnte mich zur Strecke bringen
Kein Fließband und kein Fleischbeschauer
Kein goldbetreßter Knochenhauer
Kein Todesschuß und keine Grippe
Und auch kein Wort von deiner Lippe

Noch bin ich stets davongekommen
In Flüssen bin ich viel geschwommen
Ich habe Fleisch auf meinen Knochen
Mein Rückgrat ist noch nicht gebrochen
Ich habe Zähne, um zu beißen
Ein Stück vom Himmel mir zu reißen

Noch weht der Wind durch meine Lunge
Und bewegt mir Herz und Zunge
Wenn ich auch manchmal sprachlos scheine
Und trocknen Auges Tränen weine
Auf diesem Stern, an dem ich klebe
Halt ich den Schädel in der Schwebe

Leer ist noch meines Grabes Kuhle
Ich sitze hier auf meinem Stuhle
Ich schreibe Zinken auf die Mauern
Es ist zu früh, um mich zu trauern
Ich hab noch immer was zu sagen
Mit einem Munde voller Fragen

Im Wald und auf der Heide

Berufung

1

Geboren bin ich im März vierunddreißig
In Quedlinburg und Törne heiß ich
Aus Quedlinburg kam auch Gottlieb
Klopstock der den Messias schrieb
So trat ich also schon sehr früh
In Beziehung zur Poesie

2

Wir zogen um nach Niedersachsen
In Gandersheim bin ich aufgewachsen
Vor tausend Jahren schrieb in Latein
Gedichte Roswitha von Gandersheim
So blieb ich weiter ich sags voll Rührung
Mit deutscher Dichtung in enger Berührung

3

Meine Mutter erzählte von unseren Ahnen
Tapfren blonden und edlen Germanen
Ich fing Salamander im Bach hinterm Müll
Und hörte im Radio des Führers Gebrüll
Ich hörte Heil Hitler und Juda verrecke
Und spielte Versteck in der Weißdornhecke

4

Zur Schule kam ich ein halbes Jahr
Ehe der Krieg in Polen war
Mein Vater zog mit Hitlers Armee
Nach Leningrad und blieb da im Schnee
Meine Mutter weinte der Krieg zog sich hin
Wir saßen die Nächte im Keller drin

5

Im Mai fünfundvierzig verbrannte das Haus
Mit allem was drin war der Krieg war aus
Wir fanden ein Zimmer im Dorfe Lutter
Beim Bauern Golis es gab keine Butter
Bei Golis im Garten war Bierausschank
Die Bauern pissten den Zaun entlang

6

Meine Mutter nähte Röcke und Kleider
Für die Damen des Dorfes und blieb dabei heiter
Sie stand beim Kaufmann nach Nährmitteln an
Über drei Stunden für fünfhundert Gramm
Unsre Rente im Monat genau neunzig Mark
Wir aßen Kartoffeln und Magerquark

7

Im Frühjahr rutschten wir auf unsern Knien
Über die Äcker beim Rübenverziehn
Auf Stoppelfeldern spät im August
Verging uns beim Ährensammeln die Lust
Regennaß unter herbstkahlen Buchen
Froren wir kriechend beim Bucheckernsuchen

8

Morgens fuhr ich zur Schule nach Seesen
Es ist als wär ich nie da gewesen
Mittags fuhr ich im Bummelzug
Nach Lutter zurück über Neuekrug
Kühe standen am Bahndamm im Regen
Nachhause schlich ich auf schlammigen Wegen

9

Nachmittags trug ich Zeitungen aus
Hackte und stapelte Holz hinterm Haus
Ich lag in der Sonne stieg über Zäune
Am liebsten waren mir Kirschenbäume
Im Gutspark lief ich über den Rasen
Der Inspektor rief dich müßt man vergasen

10

Im Winter las ich bei Lehrer Klay
Die hundert Bücher der Volksbücherei
Goethes Gedichte Romane von Dwinger
Holz war knapp mir froren die Finger
Im Dorfe wurde ein Schwein gestohlen
Frau Golis sagte das waren die Polen

11

Im Deutschen Haus vor dem Fernsehbild
Machte Marika Rökk mich wild
Ich lief im Dorf nach Mädchen rum
Und trat mir beim Fußball die Schuhe krumm
Beim Reiterball tanzte ich Rock 'n' Roll
Und kotzte zuhause die Küche voll

12

In Seesen die Lehrer warn mir nicht grün
Ich mußte ein Städtchen weiter ziehn
So kam ich zur Schule in Gandersheim
Das muß einundfünfzig gewesen sein
Da liebte ich Bärbel Grabenhorst
Und lief mit ihr durch den quitschnassen Forst

13

Ich liebte die Tochter von Studienrat
Lange der sich das sehr verbat
In der Schule lasen wir Hölderlin
Das habe ich ihm längst verziehn
Das kann ich von Schiller nicht sagen
Der liegt mir seit damals im Magen

14

Ich las Villon und schwänzte wenns ging
Die Schule die mir zum Hals raus hing
Ich trieb mich herum mit Heinrich Heine
Bewegte ich durch den Harz meine Beine

Am Straßenrand saß ich mit Bertolt Brecht
Und sang das Lied vom letzten Gefecht

15

Tucholsky schrieb mir aus Berlin
Und lud mich ein zu ihm zu ziehn
So kams daß ich auf und von dannen fuhr
Auf Pegasus Flügeln als Troubadour
Als Conferencier und Pausenclown
Euch Poesie ans Kinn zu haun

Idylle

Im Gras zirpt ein Grille
Im Dorfe bellt ein Hund
Wie ist die Nacht so stille
Leg dich zu mir, Sybille
Und reich mir deinen Mund

Der Wind riecht nach Kamille
Nach Rosen und nach Raps
Leg dich zu mir, Sybille
Dein Mund hat mehr Promille
als scharfer Zwetschgenschnaps

Streif ab die letzte Hülle
Die dich von mir noch trennt
Ich teil mit dir, Sybille
Des Sommers dunkle Fülle
Was man so Liebe nennt

Leg dich zu mir, Sybille
Warum bist du so scheu?
Wozu gibt es die Pille?
Im Gras zirpt eine Grille
Leg dich zu mir ins Heu

So ist es Gottes Wille
Er schuf ja auch das Heu
Er schuf im Gras die Grille
Und mich und dich, Sybille
Und auch die Nacht: Ahoi

Fußnote: In einem Gedicht des Dichters Krolow
Las ich, daß an Sommerabenden
Die Blusen der Mädchen sich
Von selber öffnen. Ich halte das
Für übertrieben

Im Kabelgraben

1

O welch ein Sommer! Meine Hacke
Flog über meinem Schädel in das Licht
Der Kies im Kabelgraben war wie Schlacke
Ich wischte mir den Schweiß aus dem Gesicht

2

Die Wiesen summten, schwarz von Mücken
Und von den Bergen kam kein Wind
Die Sonne brannte blutig unsre Rücken
Und unsre Augen waren fast von ihrem Feuer blind

3

O welch ein Mittag! In der Rindertränke
Kühlte seine Füße der Polier
Die Pappeln schwitzten. In der Schenke
Pumpten wir uns abends voll mit Bier

4

Der Himmel war uns nah zum Greifen
Donner rollten, und die Schwalben flogen tief
Wir sogen stumm an unsern Pfeifen
Bis der Polier zum Feierabend rief

5

Als wir das Kabel zogen, wurd es kälter
Der Atem flog in weißen Fahnen vor uns her
Ich wußte jetzt: Ich wurde älter
Und abends waren meine Schritte schwer

Lob der Haut*

Ja, die Haut hält uns zusammen. Unentbehrlich
Beim Gang ins Büro oder ins Kino. Kein Sonnenbad
Ohne die Haut, kein Kräuterbad in der Badewanne
Beim Duschen würde uns glatt das Blut davon
Laufen ohne die Haut. Und wohin mit den duftenden
Cremes, den Lotions, dem Sonnenöl und dem Puder
Ohne die Haut? Hätten wir Haare ohne die Haut
Von Glatzen ganz zu schweigen? Nichts wären wir
Ohne die Haut als ein Klumpen Fleisch und
Knochen, nicht zu vergessen das Fett, das wir
Angesetzt haben im bequemen Sessel vorm
Fernseher. Vorbei die langandauernden Nächte
Im Bett, Haut an Haut, ohne die Haut. Ja
Unsere Haut, wir brauchen sie. Und schließlich
Wie sollte man uns die Haut über die Ohren
Ziehen ohne die Haut? Also ich lobe die Haut
Und gehe ins Kino, ein formvolles Etwas mit
Haut und Haaren. Mensch, ohne Haut, das wäre
Wirklich was, um aus der Haut zu fahren

* vgl. Lob der Haut, in: Jürgen Theobaldy, Zweiter Klasse, Berlin 1976, S. 14

Beim Straßenbau

Liebste, nimm den Henkelmann
Bring mir warme Suppe
Daß dein Vater Studienrat
Ist mir völlig schnuppe

Daß du etwas Bessres bist
Will ich nicht bestreiten
Ich fahr keinen Jaguar
Und ich kann nicht reiten

Wär ich bei der Bundeswehr
Wenigstens Gefreiter
Doch ich bin beim Straßenbau
Nur ein Hilfsarbeiter

Daß du aufs Gymnasium gehst
Während ich mich wühle
Mit der Hacke durch den Kies
Änderts die Gefühle?

Bin ich auch kein feiner Mann
Und scheiß nicht Dukaten
Unter dem Holunderbusch
Sind wir Demokraten

Unter dem Holunderbusch
Gibt es keine Klassen
Und wir spielen Hoch-das-Bein
Und auch Hoch-die-Tassen

Hoch die Tassen! Ja, das wärmt
Nieren Herz und Magen
Im schönen Städtchen Seesen wars
Einst vor vielen Tagen

Küchenlied

1

Am Morgen da rasselt
Der Wecker um vier
Und du mußt zur Arbeit
Und ich bleibe hier
Ich schmier dir die Stullen
Und koche Kaffee
Ich stehe am Fenster
Solang ich dich seh

2

Ich wische die Küche
Und spüle Geschirr
Ich werde im Kopfe
Vom Spülen noch irr
Ich wasche die Kinder
Und koche Kakao
Und der Himmel ist blau
Der Himmel ist blau

3

Ich schäle Kartoffeln
Und hole was ein
Ich mache dem Kleinen
Die Scheiße vom Bein
Ich sitze und rechne
Ob uns noch was bleibt
Wenn morgen der Hauswirt
Die Miete eintreibt

4

Ich sitze am Fenster
Ein Kind auf den Knien
Und sehe die Wolken
Am Himmel hinziehn

Dann kommst du nachhause
Bist müde und krumm
Du löffelst die Suppe
Und bleibst dabei stumm

5

Du liest deine Zeitung
Und wir sehen fern
Ich möcht dir sagen
Ich habe dich gern
Dann gehen wir schlafen
Und du schläfst gleich ein
Und ich kann nicht schlafen
Du schläfst wie ein Stein

6

Am Morgen da rasselt
Der Wecker um vier
Und du mußt zur Arbeit
Und ich bleibe hier
Ich schmier dir die Stullen
Und koche Kaffee
Ich stehe am Fenster
Solang ich dich seh

Seemannsgarn

Schlag auf dein Bett für mich als Gast
Weil du auf mich gewartet hast
Will ich dich heute lieben
Auch wenn ich nie geschrieben

Wieg mich in deinen Armen ein
Und reib dein Bein an meinem Bein
Daß ich mich dir verflechte
Ach! kurz sind hier die Nächte

O Erde, die sich zu schnell dreht
Mein Herz klopft, weil die Zeit vergeht
Mich schreckt des Grabes Grausen
In dem ich einst muß hausen

Der Morgen graut. Ich gehe jetzt
Wie sehr hast du mein Herz verletzt
Es blutet, ja, es blutet
Adieu! Der Dampfer tutet

Der Dampfer tutet immer mehr
Er trägt mich übers weite Meer
Ins Land der Kannibalen
Bei Hamburg in Westfalen

Da wird die Deutsche Mark gemacht
Mit deutschem Fleiß bei Tag und Nacht
Aus Blut und brauner Scheiße
Und auch aus meinem Schweiße

In diesem Land bin ich geborn
Es tutet schon das Nebelhorn
Hier ist es meistens finster
Nur manchmal blüht der Ginster

Und wenn der Ginster wieder blüht
Und mir bis dahin nichts geschieht
Komm ich wieder übern Teich
Kirke, in dein Zauberreich

Noch im Haar des Schneewinds Frost
Klopfst du mir den deutschen Rost
Wenn wir uns sanft verrenken
Aus Schädel und Gelenken

Ich spinne dir mein Seemannsgarn
Der Himmel weht durch Gras und Farn
Zum Leben neu mit deinem Kuß
Weckst du mich armen Lazarus

Lamentatio

Freunde, ich muß euch verlassen
Dieses Land und diese Stadt
Ohne Bitterkeit und Hassen
Sag ich euch: Ich hab es satt
In den Kneipen rumzuhocken
Ein besoffener Poet
Dem beim Qualmen eurer Socken
Alle Luft und Lust ausgeht

Ja, ich kann nicht weiterleben
Unter euch, ein Toter schon
Will ich in die Wolken schweben
Wie dereinst des Höchsten Sohn
Hier an diesem blanken Tresen
Halt ich mich noch einmal fest
Und ich sag: Das Deutsche Wesen
Ists, was mich verzweifeln läßt

Eure Angst vor großen Tieren
Wölfen, Affen und Schakalen
Denen ihr auf allen Vieren
In den Arsch kriecht. Ober zahlen
Ober zahlen! Denn ich gehe
Nur der Flachmann wärmt mein Herz
Wie ichs wende, wie ichs drehe
Besser ist es anderwärts

Besser ist es ohne Zweifel
Selbst im tiefsten Höllenloch
So empfehl ich mich dem Teufel
Mit Grüß Gott als Gulaschkoch
Ach! ich seh die armen Seelen
Meine Liebste ist dabei
Und sie will mir was erzählen
Von der Liebe einst im Mai

Warum hast du mich verraten
Aus der Stirn wuchs mir ein Horn
Und ich muß als Teufelsbraten
Dich im Gulaschkessel schmorn
Ja, ich muß das Feuer schüren
Und ich glüh den Kessel weiß
Keine Träne kann mich rühren
Ich mach dir die Hölle heiß

Frei wie ein Vogel

1

Ein Dichter bin ich, und ich schreibe
Mir die Dunkelheit vom Leibe
Damit ihr nicht, wie den von Kleist
Mich nackt in eine Grube schmeißt
Bevor aus deutscher Finsternis
Ich mir ein Stückchen Leben riß

2

Ich grüß, getrost auf Messers Schneide
Herrn Walter von der Vogelweide
Der auch in diesem Vaterland
Erst unterm Rasen Ruhe fand
In Würzburg, wo ein Knecht hernach
Des Riemenschneiders Hände brach

3

Ja, Hochverrat und Hirngespinste
Nennt dieses Volk die Schönen Künste
So zog in eines Feuers Rauch
Von dannen Quirin Kuhlmann auch
Ach! endlos ist die Litanei
Des Leids im Lande Vogelfrei

4

O Land der Träumer und der Toten
Die dem Tod die Stirn geboten
Und mußten doch ins Dunkel fliehn
Wie jener Friedrich Hölderlin
Der, daß er unter Deutsche kam
Sich zu sehr zu Herzen nahm

5

Wie in Paris einst Heinrich Heine
So lieg ich schlaflos nachts und weine

O Volk, das sich bei Marschmusik
Dreht um den Hals den eignen Strick
Du hast die Freiheitsmelodien
Deinen Dichtern nie verziehn

6

O Volk der treuen Untertanen
Mit Hakenkreuz- und Abgasfahnen
Im Land, das mir einst Heimat war
Mit Apfelbäumen, Mädchenhaar
Das meinen Mund mit Schweigen schlägt
Und das mir doch das Herz bewegt

Diesseits

Hier laß ichs mir wohlsein
Genieß ich mein Leben
Zwischen Wannsee und Tegel
Unterm Geheul der Clipper von PAN
Mitten im Dreck der Motore
Bin ich zuhaus
Wohn ich zur Miete
Richt ich mich ein
Schlage ich Wurzeln
Auf dem freien Wohnungsmarkt
Zwischen Supermärkten Massagesalons
Dem Wetterbericht der Morgenandacht
Nazirichtern Rockern GIs
Siemens dem Fließband der Deutschen Bank
Der Freiheitsglocke der Marktwirtschaft
Der Mode dem Müll den steigenden Preisen
Dem anonymen Anrufer um Mitternacht
Dem Gift das ins Grundwasser sickert
Hier tast ich nach Licht
Such ich den Ausgang

Vaterland

Was heißt hier Vater
Land? Mein Vater
Zum Beispiel wurde
Geboren in Rostow
Am Don, später
Fuhr er zwölf Jahre
Zur See: Rotterdam
Rio Liverpool New York
Suez, dann blieb er
An Land und wurde
Begraben in Staraja
Russa am Ilmensee im
Februar zweiundvierzig
Im Kessel von Cholm

Pastorale

1
O Morgen, birkengrün und duftend
Nach frischem Brot
Aprilregenkühl
Deine Küsse

2
Staubfahnen entfaltet der Sommer
Über den Wegen, es welken
Im Kornfeld die Wurzeln
Des Windes

3
Am Wegrand ein Kind, im Haar
Kornblumen und Mohn, schärfer
Werden die Schatten
Im Licht

4
Durch die Wälder singen
Die Sägen, kopflos
Flattern Hühner
Im Hof

5
Nichts weiß ich über den Anfang
Nichts weiß ich über das Ende
Ich bewege, was mich
Bewegt

Im Fahrtwind

Vom Fließband rollen
Die verschwitzten Tage, aus
Plastiktüten steigt
Des Feierabends kurzer
Atem, erloschen sind
Die Neonsonnen, leer
Die Straßen, morgen
Ist Sonntag, und die Leute
Glauben an ein Leben
Nach dem Tod

Stülp dir den Sturzhelm
Übern Schädel, zeig
Der Welt dein Rücklicht
Die Sterne spiegeln sich
Auf deinem Rücken im
Schwarzen Lack der Lederjacke
Im Fahrtwind glaubst du
Daß du lebst

Beim Lesen neuer Gedichte

Wenn ich manche eurer neuen Gedichte lese
Staune ich ehrlich wie euch euer Klein
Kram zu seitenlanger Poesie gerinnt. Also
Ich will ja nicht so weit gehn wie
Kenneth Koch (Deutsch von Nicolas
Born bei Rowohlt 1976 Seite 25) der
Einige seiner Kollegen am liebsten
Erwürgen würde, aber wie wärs
Wenn ihr mal ne Zeitlang
Die Luft anhieltet?

Eiszeit

Ja
Es ist finster
Geworden
Leitartikel
Nageln sie
Wie Bretter
Vor deinen Kopf
Wie einen Knebel
Stoßen sie dir
Neue Gesetze
In den Hals

Ja
Zu einem Rädchen
Machen sie dich
In ihrer
Knochenmühle
Lebendig
Begraben sie dich
Unterm Müll
Ihrer Märkte

Ja
Es ist kälter
Geworden
Im Winde
Klirren
Die Fahnen

Nachmittagsbesuch

Auf dem Tisch Blumen, die Teekanne
Flaschen, Tassen und Gläser. Silvi
Trägt einen Teller mit Waffeln
Herein. Johannes sieht
In sein Glas und spinnt
Sein Seemannsgarn. Natascha
Malt uns das Bild
Auf dem wir wegfliegen
Können. Wenn wir
Lange genug hinsehn
Wachsen uns
Flügel

Schlagzeile

Im Schnellzug nachts
Durch die Provence
Mittags in Frankfurt
Steige ich um
In den Zug
Nach Berlin
Eine Frau liest
Die Bildzeitung
DEUTSCHER ASS
87 KOTELETTS
WELTREKORD
So komm ich
Nachhaus

Im Frühlicht

Im Frühlicht
Seh ich dich atmen
In meinem Arm
Ich sehe dein Kleid
Achtlos in Eile
Geworfen auf
Einen Stuhl
Ich hör
Vor dem Fenster
Die Stimmen
Der Vögel
Ich seh dich
Am Waschbecken stehn
Fremd im Spiegel
Dein Gesicht
Überstreifst du
Dein Kleid
Zurück bleib ich
Was weiß ich
Von dir

Masurischer Sommer

für Bohdan Czeszko

Rauch
Überm Haus. Speck
In der Pfanne. Kuhwarm
Kommt die Milch
Auf den Tisch. Sonne
Im schwarzen Gewölk, das fliegt
Überm Wald mit dem Wind. Adler
Im Licht. Der Kuckuck verkündet
Jahre des Friedens. Hier
Möchte ich bleiben
Behütet
Im Holz

Weitab
Die Straße. Über das Wasser
Wandert der Schatten
Der Wälder. Im Himbeerbusch
Singen die Kinder. Strohdach
Im Erlenlicht. In den Himmel ragt
Des Ziehbrunnes Baum. Nach Heu
Und Holunder duftet
Der Abend. Dem Ufer zu
Treibt unser Kahn. Bleib
Sommer, ruf ich, Hand
Die mich
Hält

Liebesgedicht

Schwarz
Eine Katze
Auf windweichen Pfoten
Kommt über die Dächer
Die Nacht

Schwer
Von Sternen
Hängen die Zweige
Des Himmels über
Dem Haus

Verhäng
Die Fenster
Zünd an ein Licht
Wie schön du bist, sag ich
Wie schön

Mittagslicht

Immer suchen dich meine Augen
Himmel aus blauem Licht Wolken Regen
Und Rauch, Tage aus Honig und Heu
Lerchen im Wind, ins Fenster
Blühen die Rosen, süß reifen
Die Kirschen in meinen Mund

O süßer Duft der Linden im Licht
Fern hinter den Wäldern summen
Die Straßen, über die Ebenen schwarz
Rollen Donner ins Land, unter
Apfelbäumen im wehenden Gras
Gehen pfeifend die Tage dahin

Reden hör ich am Morgen die Stare
Im Kirschbaum vorm Fenster, reden
Hör ich die Steine unter dem Moos
Kühl strömen die Wasser über mich hin
Rot segelt die Sonne, Licht, das ich atme
Die Mündung des Himmels hinauf

Sommer, goldenes Kraut, Dornbusch
Brennend im Wind, nach der Sense
Rufen die Ähren, leer zieh ich
Den Eimer herauf aus dem Brunnen
Rissig ist mein Herz wie die Erde
Die nach Regen schreit

Immer suchen dich meine Augen
Noch einmal will ich die Erde
Ausmessen mit meinem Schritt, siehe
Ich komme zu dir, am Ende des Sommers
Die Taschen voll Nüssen, die Hände
Voll Himmeln aus Licht

Morgengabe

Alles für dich
Die Sonne
Das Meer
Der Tag
Und die Nacht
Am Weinstock
Die Trauben
Die Möwen
Im Wind
Des Himmels
Wechselnde
Farben
Der Ölbaum
Die Erde
Der Fels
Das Wassser
Im Brunnen
Das Brot
Und das Salz
Der Duft
Der Zitronen
Alles für dich
Alles für dich

Erinnerung an Sapounakeika

Aufsteigt der Mond, das Brot der Träume
Die Sonne glüht im Glas als Wein
Das Weltall ruht im Laub der Bäume
Und Katzen streichen uns ums Bein

Schließ deine Augen: Komm, wir fliegen
Durch diese Nacht bis auf den Grund
Des dunklen Brunnens, wo wir liegen
Ein Atem nur und nur ein Mund

Ein Weinen nur und nur ein Lachen
Ein Leben nur und nur ein Tod
Ein Schlaf nur und nur ein Erwachen
Zu Meer und Sonne: Salz und Brot

Abschied

Die Süße des Sommers
Zerging
Auf unsern Zungen

Über die Wege
Flutet
Das Laub

Abschied
Schreiben die Schwalben
Ins Blaue

Krähenflügel

Auf der Fensterscheibe dunklem Glas
Seh ich dich fahren, und ich sehe
Schneekahle Äcker und verbranntes Gras
Und überm Bahndamm schwarz die Krähen
Die stumm, wir hören ihre Schreie nicht
Den Winterhimmel kreuzen überm Hügel
Und es streift ein Krähenflügel
Auf der Fensterscheibe dein Gesicht

Vineta

Wo ich dich gestern liebte
Balgen sich heute die Möven
Um einen toten Fisch

Noch sehe ich dich
Wenn ich die Augen
Schließe

Zeit der Märchen

1
Über die Rollbahn zieht die Maschine ihren
Schatten, die Zeit der Märchen ist vorüber
Mit dunklen Wassern füllen sich
Die Straßen

2
Mein Schädel ist ein Wolfsbau voller
Federn gerupfter Träume und verzehrter
Zukunft abgenagte
Knochen

3
Das Unbegreifliche kann ich mit Händen
Greifen, verbissen in des Himmels Bläue
Schlage ich Wurzeln
Im Wind

4
Spatzen nisten unter deinem Haar, Disteln
Sind deine Brüste: Fraß für Esel, dein Schoß
Eine Pfütze für einen
Frosch

5
Dein Atem beschlug meine Augen, unerreichbar
Die Ufer meiner frühen Tage: o daß mir
Schwimmhäute wüchsen zwischen
Den Zehn

Wege

1

Komm. Die versunkenen Jahre
Steigen herauf. Am Abend
Brennen wieder
Die Feuer
Am Fluß

2

Im Mondlicht glänzen die Tschakos
Der Gendarmen. Die Bauern
Lassen die Hunde los
Und verriegeln
Die Türen

3

Wir liegen am Fluß und lauschen
Dem Lied des Zigeuners. Der singt:
Meine Geige hat zwei Gefährten
Liebe heißen sie
Und Tod

4

Komm. Die Pferde scharren
Schon mit den Hufen. Offen
Liegen vor uns
Die Wege
Ins Land

Stunde der Wölfe

Stunde
Der Wölfe
Die Lieder der Mädchen
Verstummten
Im Dorf

Den Flug
Der Taube kreuzte
Der Habicht, fort trugen
Die Schwalben
Das Licht

Stimmen
Wie Rufe, fern
Aus dem Dunkel, Schnee
Wehte der Wind
Auf den Weg

Wassili am Weg

Wassili, zahnlos
Am Weg
                    Damals die Deutschen
Seinen Sohn stellten sie hier
An die Wand
                         Das Weiß
Der Mauer schmerzt
In den Augen

Am Wegrand

Vor langer Zeit
Wir gingen durchs Feld
Meine Mutter hielt
Meine Hand. Am Wegrand
Im Graben kniete ein
Knecht, die Zunge im
Lehmigen Wasser, über
Ihm schwang der Bauer
Die Peitsche: Polak
Steh auf! Weiß wehten
Die Wolken, rot blühte
Am Wegrand
Der Dorn

Endlösung

1
Die Juden
Sind unser
Unglück

2
Das haben
Wir immer
Gesagt

3
Das hat
Keiner
Gewußt

Rauch

für Reuwen

Einst lebte das Land. Grüne Wagen
Zogen durchs Dorf. Im Frühlicht
Schnaubten die Pferde
Am Fluß

Wohin sind sie gezogen, die Kesselflicker
Und Musikanten? An welchem Ufer
Weiden ihre Pferde? Unter welchem Mond
Singen ihre
Geigen?

Niemand hat sie gesehn. Spurlos
Rauch in den Wolken
Zogen sie
Fort

Pogrom

für Walter Grab

1
Wie soll ich singen: trocken, ein Knochen
Steckt mir die Zunge im Hals. Scherben
Sind meine Augen. Ein Stein klopft mir
Mein Herz in der Brust. Abhebt die Erde
Sich von meinen Füßen

2
Berge wollt ich versetzen und Kugeln
Aufhalten im Flug mit der Hand. Städte
Wollte ich sehn, voll Sommern und Wintern
Lauschen wollt ich den Stimmen
Der Wälder am Fluß

3
Betten stehen herum wie offene Särge
Stumm wie Steine hocken die Alten
Im Hof. Ein dünnes Blech ist der Himmel
Zerlöchert von Schüssen
Scheppernd im Wind

4
Die Wahrheit ist einfach wie Wasser
Und Brot. Ein Netz ist die Nacht
Und der Mensch ein Wild für den Jäger
Meine Haut ist dünn: eine Kugel
Kann mich töten

5
Ohne Abschied werde ich gehn, ohne
Ein Wort, mit zerrissenen Schuhn, den Hut
In der Hand, schutzloses Blut, Asche
Im Wind, wie meine Brüder
Vergessen

Wege der Asche

1

Einst überm Kirchturm erschien mir der Sommer
Ein Engel, zornig mit flammendem Schwert
Der Eichelhäher schrie im Geäst, es brüllte
Das Vieh in den Ställen, im Ofen verbrannte
Das Brot, weiß blühte der Birnbaum, die Sonne
Ein feuriger Wind, brach aus den Wolken

2

Den Rauchzeichen folgend fern überm Land
Zog ich an Flüssen durch flutendes Gras
Durch meine Lungen fuhr brausend der Himmel
Hinter mir sanken die Gärten ins Dunkel
Die Wälder vergingen in Feuer und Rauch
Zu zählen vergaß ich am Wegrand die Krähen

3

Keine Stimme rief mich über den Wassern
Keine Taube senkte sich zu mir herab
Mit Fledermausflügeln beschickte die Nacht
Meine Stirn, mit versteinerter Zunge
Zog ich, allein unterm schweigenden Mond
Die Wege der Asche, begraben im Wind

4

Was ich auch rede, Worte wie Wolfszähne
Schärfer als Messer, was ich auch rede
Öffne die Lippen: trinken will ich
Deine bittren Wasser, bis du mir zuwächst
Unverlierbar, Fleisch, in das ich mich eingrab
Erde, in der ich wurzle eine kurze Zeit

Geschichte

In einem Schulbuch
Lese ich
Daß die Wehrmacht
Im Oktober 41
Moskau
Nicht erobern konnte
Wegen des frühen
Frosts und
Heftiger
Schneefälle

Muß ich
Daraus schließen
Daß nur das Wetter
Den Faschismus
Aufhielt
Und sonst
Nichts?

Gedanken im Mai

Ich rede von mir: Volker von Törne, geboren
Im vierunddreißigsten Jahr des zwanzigsten Jahrhunderts
Als meine Genossen schon kämpften gegen die Mörder
Die mich aufzogen als ihresgleichen
Nach ihrem Bilde:
                Und ich trank die Milch
Die dem Hungernden fehlte. Und ich trug das Kleid
Meinem Bruder geraubt. Und ich las die Bücher
Die den Raub billigten. Und ich hörte die Reden
Die aufriefen zum Mord:
                Und ich nannte den Schlachthof
Mein Vaterland, als schon die Völker aufstanden
Gegen mein Volk. Und ich betete für den Endsieg
Der Mörder, als schon die Städte
Aufgingen in Rauch:
                Und schuldig war ich
Am Tod jedes Menschen, ahnungslos atmend
Unter den Galgenästen
Süßduftender Linden

Halsüberkopf: Arkadische Tage

Sonettenkranz, allegro molto

Frag mir nicht nach. Übers Wasser
bin ich gekommen
Über die Berge werde ich gehn
Rätsel les ich dir auf

Bleib, Sommer, hab ich gerufen,
eine Handvoll
Erde warf ich ins Licht. Du
Trägst einen Stern an der
Stirn, dem folg ich
Tiefer steig ich hinab
In die eulenäugige
Nacht, ich bring dich
Ans Licht

1

Gib mir die Hand, damit ich fühle
Des Sommers Ende ist noch weit
Setz dich zu mir: wir haben Zeit
Vom Meer her wehen Salz und Kühle

Der Mond blitzt auf: ein krummer Säbel
Im zitternden Olivenzweig
Und des Südens Süße steigt
Uns aus dem Weinkrug in die Schädel

Zünd an ein Licht: die Fledermaus
Zeichnet flatternd um das Haus
Der Berge Schattenriß

Heb deinen Kopf: du sollst nicht trauern
Ich schreibe an des Nachtwinds Mauern
Daß ich dich liebe, ist gewiß

2

Daß ich dich liebe, ist gewiß
Ich ruf, weil ich in Worten wohne
Ein aus der Haut gefahrener Teutone
Den Gott, der einst die Flöte blies

Beim Bockshorn Pans: ich heiß nicht Ikarus
Mich tragen nicht der Hybris Flügel
Und für Arkadiens helle Hügel
Mach ich mir Beine: geh zu Fuß

Wo unterm Ölbaum Bauern hocken
Die sich den Ziegenkäse brocken
Zu Brot und Wein in das Gebiß

Umblökt von ihrer Ziegen Herde
Bin ich eins mit Licht und Erde
Weinlaubumrankt: ein Dionys

3

Weinlaubumrankt: ein Dionys
Will ich mit Wünschen nicht mehr geizen
Schon wächst mir aus der Hand der Weizen
Und aus der Zunge sprudelts süß

Nie wieder will ich im Gedicht
Mit Preußens sauren Gurken handeln
Mein Wort soll Stein in Brot verwandeln
Und Mitternacht in Mittagslicht

Heb deinen Kopf: sieh die Raketen
Die schon von Schiffen unter Dampf
Auf unsre Augen, unsre Zähne zielen

Schon spielt der Tod mit uns in heißen Drähten
Daß ich uns Hoffnung aus dem Boden stampf
Will ich die Stirn an deiner kühlen

4

Will ich die Stirn an deiner kühlen
Und meinen Mund an deinem stehn
Bis Meer und Himmel mich durchwehn
Auf deines Atems Flügeln

Schon ist die Erde aufgebrochen
Des Hades Tiefen finster qualmend
Ein Räderwerk zu Staub zermalmend
Des Tantalos verfluchte Knochen

Ich aber lebe, weil ich euch
Ihr Götter, mein verkauftes Fleisch
Aus euren Zähnen reiße

Im Licht, das meine Schulter kaut
Wächst mir eine neue Haut
Und ich will Pelops heißen

5

Und ich will Pelops heißen
Des Tantalos den Göttern schon
Zum Fraße vorgeworfner Sohn
Will ich die Erde preisen

Fell Schuppen Haut Gefieder
Die Erde, die mich wiederhat
Jeden Baum und jedes Blatt
Schaff ich in Worten wieder

Ein neues Lied, ein neues Meer
Und einen Himmel schaff ich her
In den ich Wind und Sonne schreib

Um Gräten Knochen und Gestein
Bau ich der Erde einen Leib
Der Steine Zunge will ich sein

6

Der Steine Zunge will ich sein
Im Staub noch unter Hufen
Der Panzerherden rufen
Mein echoloses Nein

Nacht, die ich von Gräbern wälz
Das Schweigen auszuloten
Im stummen Mund der Toten
Bewege ich der Sprache Fels

Welten, fern im Funkenflug
Atlas, der den Himmel trug
Die Sterne stürzen ein

Dir, die mich aus dem Dunkel ruft
Ich form dir einen Leib aus Luft
Dem Feuer hauch ich Atem ein

7

Dem Feuer hauch ich Atem ein
In Himmel, die verrauchen
Will ich untertauchen
Mit Baum und Fisch und Stein

Im brückenlosen Raum
Will ich noch einmal fliegen
Wie leicht die Worte wiegen
O Stein O Fisch O Baum

Wie schwer wiegt unser Schweigen
Wenn die Wasser steigen
Die schwarz und bitter sind

Wer wird schon Noah heißen
Wenn diese Flut verrinnt?
Komm, es ist Zeit, das Haus zu weißen!

8

Komm, es ist Zeit, das Haus zu weißen
Die Erde, in der Wurzeln schlug
Der Ölzweig, den die Taube trug
Ins Mittagslicht zu reißen

So will ich Kalk und Wasser mischen
Ich rühre Gips und Salz hinein
Österlich den alten Stein
Mit neuem Weiß zu frischen

Des Himmels Bläue macht uns satt
Fünf Finger hat das Feigenblatt
Öffne deinen Mund dem Wind

Du, die mich sprechen lehrte
Ich seh dich an und weiß: wir sind
Ins Offne Heimgekehrte

9

Ins Offne Heimgekehrte
Baucis du, ich Philemon
Noch bewegt, doch wurzelnd schon
Im Geweb der Erde

Du die Linde, ich die Eiche
Aus des Himmels Feuer ziehn
Unsre Blätter lichtes Grün
Durch das Schwalben streichen

Ich die Eiche, du die Linde
Weiches Holz in rauher Rinde
Welch ergreifendes Idyll!

Wer mag da von Äxten unken?
So verzweigen wir uns still
Von Licht und Wasser trunken

10

Von Licht und Wasser trunken
Bin ich auf den Grund
Deines Mundes und
Deines Schlafs gesunken

Daß Liebe mich entwaffne
Apoll im Lorbeerstrauch
Lös ich mich auf in Rauch
In deinen Armen, Daphne

Ich war ich bin ich werde
Vom Wort bewegte Erde
In die du Atem hauchst

Wirf Asche in die Winde
Daß ich dich wiederfinde
Wo blau der Himmel braust

11

Wo blau der Himmel braust
In eines Mittags Größe
Durchwehn die Atemstöße
Des Meerwinds unser Haus

Gehüllt in schwarzes Tuch
Die alten Fraun am Brunnen
Um die Hornissen summen
Was kümmert uns ihr Fluch!

Wir sehn das Muli gehn
Das gleiche Schöpfrad drehn
Auf immer gleicher Fährte

Daß ihm ein Gott einst Kränze flicht!
Wir liegen im Olivenlicht
Als ob uns nichts beschwerte

12

Als ob uns nichts beschwerte
Kein Fließband uns Gebrüll
Ins Ohr und Qualm und Müll
Ins Blut der Lungen leerte.

Als wären nicht die Nächte
Die dir und mir gehörn
Auf Planquadraten fern
Im Ziel der Bombenschächte

Ich will mich zu dir legen
Rot reift das Pfefferkraut
Die Hände und die Zungen

Soll uns der Wind bewegen
Und die Reibung Haut an Haut
Schlägt uns noch einmal Funken

13

Schlägt uns noch einmal Funken
Des Himmels heller Zorn
Des Meerwinds Widderhorn
Stößt tief in unsre Lungen

Wenn ich Odysseus hieße
Und die Nausikaa
Gäb es kein Ithaka
Für das ich dich verließe

Die Schiffe sollen brennen
Abreiß ich die Antennen
Und lösch die Bilder aus

Die Schatten, die wir werfen
Soll uns noch einmal schärfen
Des Sommers Sonnenfaust

14

Des Sommers Sonnenfaust
Wirft uns als Wind und Welle
Auf den Grund der Quelle
Die in der Muschel rauscht

Was bleibt in dieser Luft?
Kein Abdruck unsrer Knochen
Wir sind dem Nichts versprochen
Das unsre Namen ruft

Mag sein: wir sind begraben
Lebendig schon, verlorn
Korn in der Knochenmühle

Heb deinen Kopf: wir haben
Nichts mehr als unsern Zorn
Gib mir die Hand, damit ich fühle

15

Gib mir die Hand, damit ich fühle
Daß ich dich liebe, ist gewiß
Weinlaubumrankt: ein Dionys
Will ich die Stirn an deiner kühlen

Und ich will Pelops heißen
Der Steine Zunge will ich sein
Dem Feuer hauch ich Atem ein
Komm, es ist Zeit, das Haus zu weißen

Ins Offne Heimgekehrte
Von Licht und Wasser trunken
Wo blau der Himmel braust

Als ob uns nichts beschwerte
Schlägt uns noch einmal Funken
Des Sommers Sonnenfaust

Letzte Gedichte

Fünf Stilübungen für fünf Fünfzigjährige

Hans Magnus Enzensberger, Reinhard Lettau, Günter Kunert, Heiner Müller, Peter Rühmkorf

Terzine

hme

Mit uns zu teilen der Ebenen Mühn
Stieg er, ein großer Redner vor dem Volke
Zu uns herab von den allgäuer Kühn

Und süßen Schaum schlug er aus jeder Molke
In jeden Fettnapf hat er sich gesetzt
Und saß am End doch weich auf einer Wolke

Ein Luftikus, von jedem Wind gehetzt
Sahn wir auf einem Steckenpferd ihn reiten
Über den Bodensee und dann zuletzt

Als Denkmal ernst im Mittagslichte schreiten
Den weißen Schlapphut tief in dem Gesicht
Nah dem Olymp, in südlicheren Breiten

Wo man dem Dichter noch den Lorbeer flicht.

Ritornell

RL

Wer sah den Bruch beim Häuserbaun
Und hat, als andre sich verkrochen
Noch auf den Wohlstandsputz gehaun?

Als Dummheit uns mit Knüppeln schlug
Wer trug das Herz vorn auf der Zunge
Und nannte den Betrug Betrug?

Wer hielt beim langen Marsche Schritt
Und zeigte uns den braunen Plunder
In Gottes eignem Land? Auftritt

Herr Lettau, der die Zähne wetzt
Die Morgenzeitung zu zerreißen
Bevor er sich zu Tische setzt

Stanze

GK

Was uns bewegt: ein kalter Wind, ein Regen
Ein fernes Lied, ein Licht, ein Bogenstrich
Bevor wir uns in unsre Gräber legen
Den Mund voll Sand und unabänderlich
Ist unser Schweigen – komm, laß uns reden
Von unsrer Liebe, der die Kälte wich
So ist der Dichter groß als Kind im Manne
Ich widme diese Stanze – wem? Marianne

Blankvers

HM

Unter den Schülern des Meisters war aber
Einer, jede Antwort befragend, zu finden
Die einzige nicht mehr fragliche Antwort
Was ist der Mensch, unbekannt und begraben
Im Kot der Geschichte, aber lebendig
Hinter den Masken sein Wort: Gewaltig spräche
Der Dichter, lieh ihm die Bühne ihr Echo
Für seinen körnigen Tiefsinn aus Sachsen

Ode, sapphisch

PR

(frei nach Herrn von Platen)

Stets am Wort klebt unsere Seele, aber
Politik bewegt diese Welt, und deshalb
Flötet oftmals tauben Ohren der hohe
Lyrische Dichter

Laß die Zunge im Mund: sie nageln sie dir
Fest auf dem Tisch; Schweigen macht sich bezahlt in
Klingender Münze: so gilt unter Deutschen
Das klingende Wort

Hier unter dem wechselnden Monde, du weißt
Singen in ihren papierenen Särgen
Noch immer die Dichter, jahrhundertelang
Von keinem gehört

Ach! einzig die Schwerkraft hält uns am sauer
Erkämpften Saum der Gemütlichkeit: falte
O nördlicher Ikarus, überm Gesäß
Kunstvoll die Flügel

Anrufung meines Engels

Was ist geschehn? Der Wind schlug um
Der Himmel klirrt von früher Kälte
In Leitartikeln kriecht der Krieg. Schon
Sind die Marschbefehle unterschrieben
Die Hinterhöfe sind umstellt

Ich hör ein Rauschen in der Luft
Was wolln wir tun mit all den Waffen
Die sie auf unser Dach, auf unsre Schultern
Unsre Haut gehäuft? Was braucht
Die Liebe? Nichts. Nur dich und mich

In welche Dunkelheit läßt du dich fallen?
Ich habe Angst um dich und deinen Atem
Um deine Schädelknochen unter dünner Haut
Heb deinen Kopf und laß uns reden
Eh uns ein Stiefel auf die Kehlen tritt

Daß ich nicht schlafen kann, muß nichts
Bedeuten. Und wärs die Stunde, da Raketen
Von fernen Rampen steigen: eh unsre Hände
In die Kälte greifen, laß mich noch einmal
Deinen Atem spüren auf der Haut

Epigramm

Im Flugzeug, zehntausend Meter
Über der Erde, verfluch ich den Geist
Der Erfinder, den ich doch lob
Hat mich erst wieder die Erde zurück

Sieger der Geschichte

Für Karin und Hans-Richard Nevermann

Was erwartet ihr von mir?
Daß ich von unsern Siegen rede
Daß ich die Hoffnung trage
Auf den Markt der tauben Ohren
Daß ich den Blinden
Ihre Augen öffne
Daß ich die Stummen
Reden lehre?

Ihr wißt wie ich: Das große Babylon
Ging unter, Troja fiel
Und von Mykene blieb nur Stein
Und das Karthagos Mauern schleifte
Das stolze Rom
Zeigt nur noch
Seines Ruhms
Ruinen

Ich frage euch: Was sind
Die Bogenschützen Babylons
Was Hektor und Achill
Was Caesars dröhnende Legionen
Gegen des Pentagons gewaltige Geschwader
Die Horizonte
Kreuzend: die Erde
Im Visier?

Was erwartet ihr von mir?
Daß ich mit einer Feuerpatsche
Den Weltbrand lösche
Daß ich Raketen
Aufhalte mit der Hand
Daß ich mit einem Wort
Die Ledernacken schaffe
Uns vom Hals?

Was wird aus uns?
Wie soll ichs wissen?
Daß wir die Sieger der Geschichte sind
Ist leicht gesagt
Doch weiß ich auch
Wenn wirs nicht werden
Wird diese Erde
Nicht mehr sein

Ich weiß
Daß sich hier nichts bewegt
Wenn wir es nicht bewegen
Es hilft ja nichts:
Wir müssen unsrer Hoffnung
Panzer schmieden
Und Flügel
Unserm Zorn

Vaterlandslos

Denn nichts als Verzweiflung
kann uns retten
CHRISTIAN DIETRICH GRABBE

Vater
Lands
Los, in
Meiner
Mutter
Sprache
Zuhaus
Um mich
Die Wand
Aus Büchern
Eine Mauer
Gegen
Den Tod
Verzweiflung
Rettet uns
Nicht

Epigramm

Fleißig sind wir und ordentlich
Deshalb lieben die anderen Völker
Uns Deutsche: Überall
Räumen wir auf

Auf dem Boden des Grundgesetzes (1976)

Mit beiden Füßen fest
Auf dem Boden des Grundgesetzes
Erkläre ich: So wie es ist
Wird es bleiben. Bis ans Ende
Aller Tage hat unsere freiheitlich
Demokratische Grundordnung
Bestand. Nur Kommunisten
Wagen zu behaupten, unsere Welt
Sei nicht die beste Welt
Aller Welten. Nur Ketzer
Zweifeln daran, daß
Die Sonne sich dreht
Um die Erde

Kriegsspiel

Auf der Straße
Spielen die Kinder
Krieg, bald
Wenn sie größer sind
Spielt der Krieg
Mit ihnen

Konjunktur

Wir sind übern Berg
Nun geht es abwärts
Mit uns

Deutsches Lied

1
Wie süß klingt in den Ohren
Der Muttersprache Ton
Wenn weißblau vor den Toren
Erscheint des Metzgers Sohn

2
Ja, dann wird deutsch gesprochen
Das Ganze rechts schwenkt marsch
O nummeriert die Knochen
Man reißt uns auf den Arsch

3
Dann wird nicht lang gefackelt
Wir sind doch wieder wer
Auf mancher Schulter wackelt
Der Schädel hin und her

4
Mit Müh hältst du ihn oben
Und machst das Rückgrat steif
In dieses Schlachthofs Koben
Nach einem Strohhalm greif

5
Die Welt wird immer besser
O zweifelt daran nicht
Der Metzger schleift sein Messer
Bevor er uns absticht

6
Eilt euch, ihr lieben Kälber
Schluß mit der Qual der Wahl
Wählt euch den Metzger selber
Wie schon ein andres Mal

Deutscher Psalm

1
Die Hoffnung hat ihr Soll nicht erfüllt
Einzementiert wird der Zorn in den Kehlen

2
Brot sättigt nicht mehr und Wasser macht durstig
Mit Spruchbändern und Fahnen wird der Himmel verhängt

3
Erfüllt sind die Städte vom Schweigen der Steine
Wer erinnert sich noch unserer Träume?

4
Nicht jedes Ende ist auch ein Anfang
Über mächtige Brücken führen die Straßen ins Leere

Lied vom realen Sozialismus

1

Der Sozialismus wird erbaut
Nicht an einem Tage –
Gut, Genossen, doch ihr baut
Nun schon 30 Jahre
Den Sozialismus ganz real
Von Rostock bis nach Thale –
Real ist auch der Intershop,
Wo ich mit Westgeld zahle.

2

Die Grenzen müssen sicher sein
Im Land und an den Küsten –
Das ist wahr, doch wahr ist auch:
Wir rosten, wenn wir rüsten.
Und läßt uns auch der Klassenfeind
Hier nicht in Frieden schlafen –
Ist die Partei ein Schäferhund,
Sind wir ein Volk von Schafen?

3

Wie Kaiser Rotbart lobesam
Tief unten im Kyffhäuser
Schläft Karl Marx – sprecht nicht zu laut,
Genossen, tretet leiser!
Das ist ein Parteibeschluß:
Niemand darf ihn wecken –
Was er sähe, würde ihn
Wohl zu sehr erschrecken.

4

Darum ist das Land so still
Hinter Zaun und Hecke –
Alter, reg dich und wach auf,
Daß dein Kuß es wecke,

Daß dein roter Zungenkuß
Ihm durch alle Glieder
Fährt – und selbst die Sicherheit
Singt Wolf Biermanns Lieder.

5

Rudolf Bahro wird gewählt
In die höchsten Gremien
Der Partei, für Hermann Kant
Schreibt Kunert zahme Xenien,
Das ZK gibt Freibier aus –
Erich dreht die Leier
Im Palast der Republik
Zu Mickels Friedensfeier.

Fragen

Was ist oben? Und was ist unten?
Wo ist der Kopf? Und wo sind die Füße?
Erkläre mir einer den Unterschied zwischen
Realem Sozialismus und
Sozialistischer
Realität

Akkord

Trag deine Haut
Zu markte. Laß
Dir das Fell
Über die Ohren
Ziehn. Halt
Die Knochen
Hin. Bleib auf
Dem Teppich. Sieh
In die Röhre. Reiß
Deine Tage herunter
Bis du genug
Hast und
Abkratzt

Ferienbeginn

Auf dem Fernsehschirm seh ich
Die Sonnenhungrigen
Ihre Wagen stauen sich
Auf den Autobahnen
In den Süden. Ich setze mich
An den Schreibtisch
Und sehe hinaus
In die Sonne
Über den Dächern
Vorm Fenster rauschen
Des Kastanienbaums Blätter
Licht und Schatten
Im Wind. Es ist Sonntag
Und ich schreibe
Dies Gedicht

Gott in Chikago

Heute, an einem Tag im April
Im Jahre des Herrn 1978
Hör ich von einem, der in Chikago
Gott sehen wollte und sprang
Aus dem 23. Stock
Eines Wolkenkratzers
Auf die Straße, wo er ankam
Heil, bis auf einige
Knochenbrüche. So
Geschehen Zeichen und
Wunder. So läßt Gott
In Chikago nicht
Mit sich spaßen

Bilder

Daß ich die Augen schließe
Die Sicherung rausdreh
Den Bildschirm zertrümmre
Was nützt es: Bilder
Regnen ins Zimmer, erweichen
Die Wände, den Schädelknochen
Mein Hirn, vor Augen die Hand
Seh ich nicht mehr, ich tappe
Im Bunten

Hannover

in memoriam Ringelnatz

In einem Lokal
Bat ich einmal
Die Kellnerin
Weil ich oft durstig bin
Um einen Kirsch

Unwirsch
Kam sie zurück
Brachte ein Stück
Kirschtorte
Mir fehlten die Worte

Für Anne

Quäl dich nicht, Tochter
Mit Mathematik: Was
Willst du berechnen?
Bilanzen, Countdowns?
Die Welt ist auch so
Schon voller Zahlen
Lern lieber Sprachen
Lern lieber sprechen!

Epistel im Juni

Ach! Freunde, heute abend
Seht ihr mich mild gestimmt
Eins mit mir und meinem Herz
Unter blühenden Bäumen an einem
Bewohnbaren Ort im jubelnden
Juni neunzehnhundertachtzig
Erspart mir, Freunde, heute
Die eloquenten Blicke in
Den Abgrund, die Zyklen von
Schiffsuntergängen und
Die Menetekel in nostalgischem
Design. Ist denen noch zu helfen
Die schon bei Lebzeiten
Nach ihrem Leichenbitter rufen?
Laßt sie doch untergehn, die auf
Dem Trockenen nach Rettungsringen
Schrein! Mir jedenfalls zergeht
der Juniabend auf der Zunge
Mein Herz schlägt schneller
Und ich habe Hunger auf
Ein Leben und Zorn genug
Für den kommenden
Tag

Bei Gelegenheit

Wenn ihr mich fragt: Ich kam nicht gern
Auf diesen blutbefleckten Stern
Wo meine Mutter schrie und litt
Als man aus ihrem Leib mich schnitt
Und in des Lebens Wolfsgebiß
Mich nackt auf diese Erde schmiß

Ja, wie ein Fisch aufs Trockne fällt
So kam ich hier auf diese Welt
Und ich lag da in Windeln wund
Blind winselnd wie ein junger Hund
Den man von seiner Mutter reißt
Und in die Jauchegrube schmeißt

Shut up! Mir wuchsen Bart und Zahn
Ich soff der Sonne Lebertran
Und hab ich hier auch manches Grab
Geschaufelt schon, was solls, ich hab
Am Ende schließlich Blut geleckt
Und manches zarte Fleisch geschmeckt

Ja, ich bereue jede Nacht
Da ich ein Auge zugemacht
Schnaps rann mir durch die Kehle scharf
Wohin ich meinen Schatten warf
War ich zuhaus: von irgendher
Im Irgendwo ein Irgendwer

So ritz ich meine Zinken ein
Am Weg in jeden Hundestein
Damit ein Zeichen von mir bleibt
Wenn mich der Mühlstein Mond zerreibt
Mein Herz und Hirn und Haut und Haar
Und ich als Staub im Winde fahr

Persönliche Erklärung

Vergeblich wirst du darauf warten
Daß ich die Fließbandwelt besinge
Lackierten Leerlauf, Schrott auf Raten
Den homogenisierten Humbug in HiFi
Die Plastikparadiese, Glück in Dosen
Verchromte Träume auf Kredit

Daß du mich recht verstehst: Ich hab
Nichts gegen Licht aus schwarzem Stein
Nichts gegen Feuer aus dem Wasser
Nichts gegen Öl, nichts gegen Dampf
Nichts gegen Flüge in Maschinen
Die mich in deine Arme schleudern

Verzichten kann ich auf die Schönheit
Der Raketen, der Marschflugkörper
Die (zu unserm Schutze, wie es heißt)
Über unsern Köpfen fliegen: KoBs der Luft
Die ihre Bombenknüppel schwingen
Über der Landschaft aus Beton

Verzichten kann ich auf den Qualm
Der Medien, die uns das Blau vom Himmel
Lügen, verzichten kann ich auf den Müll
Der Multis, Aktienkurse, Legebatterien
McDonald, Freizeithemden, Wienerwald
Auf Plaste und Elaste und Ketchup

Nicht verzichten kann ich auf die Luft
Zum Atmen, auf des Himmels Bläue
Die sich in deinen Augen spiegelt
Nicht auf das Grün der Juniwiesen
Die Apfelblüte, die ein Wind bewegt
Deinen Herzschlag, deinen Mund

In den Wind geschrieben

Alles wird da sein
Die Sonne das Meer
Der Wind die Nacht
Holz für das Feuer
Wein in den Gläsern
Alles wird da sein

Nichts wird da sein
Wenn du mir fehlst

Im Flugwind

Die Düsen rauschen
Neunhundert Kilometer
In der Stunde
Laß ich mich schleudern
Um der Erde Krümmung
Unter mir
Zehntausend Meter
Freier Fall
Lust hätt ich
Meinen Schädel
In den Flugwind
Rauszustecken
Und einen Vers
Zu schreiben
In die Luft
Die ihn sich greift
Und weiterträgt
Und ihn vor deine
Füße legt

Elegie (1)

Dörfer, windschief im Regen
Wiesen im Weidenlicht
Die sanfte Schönheit
Der Mädchen am Abend
Überm Zaun des Flieders
Duftender Schnee

Land, ausgelöscht
Aus allen Atlanten
Verbrannte Erde, Asche
Von Wurzeln durchbohrt
Worte, geworfen wie Steine
In steigende Wasser

Kürzer werden die Tage
Kälter das Licht
In den Händen nichts
Als meine Trauer
Sammle ich in meinen Augen
Die Scherben des Himmels

Elegie (2)

Wie krieg ich Zärtlichkeit
Und Zorn zusammen in mein Herz
Daß ich mich rege
Kaltes Feuer

Daß deine Hand auf meiner Haut
Mein Fleisch in Wallung bringt
Und meine Knochen
In Bewegung

Bis ich ins Bodenlose falle
Und meine Zunge
Redet stumm
In deinem Mund

Bis ich in deinen Armen liege
Und schlaflos deinem Atem lausche
Der Vögel Stimmen
Die im Stein

Nach den versunknen Ufern rufen
Wo einst mein Messer schnitt
Den Weidenzweig
Und klopfte

Das tönende Holz

Extra-Gedicht

Wozu
Habe ich diese Reise
Gemacht? Soll ich zusehn
Wie andre Leute
Sich küssen?

Bin ich geboren
Damit du mich stehen läßt
Auf dem Bahnsteig
In der Hand die Blumen
Und die Zeitung
Von gestern?

Soll ich
Auf meinem Koffer hockend
Mit kalten Füßen
Warten auf
Den nächsten
Sommer?

Soll ich
Ein zugelaufener Hund
Mich legen
Auf die Schwelle
Vor deiner Tür?

Soll ich
Mich aufhängen
Am Schlips
Den ich umgebunden habe
Extra
Für dich?

Attika

für Dimitris

Am Weg stehn Fraun
In schwarzes Tuch
Wie in den Tod versunken
Geschleudert von der Götter Fluch

Stieg steil das Licht
Kein Vogel flog
Der Himmel hielt
Den Atem an. Der Ölbaum bog

Zur Erde seine Äste
Das Meer schlief ein
Eidechsen liegen regungslos
Auf heißem Stein

Pans Lied verging
In schattenlosem Land
Zu grauem Fels auf
Grauen Fels gebrannt

Vier Fragmente

1

Wohin ich ging, ich suchte dich, woher
Ich kam, ich hatte dich verloren. In allen
Nächten hab ich dich erkannt, fremd
Sahst du mich aus blinden Spiegeln an. Wo
Warst du, als die Regen stürzten
In den März, als ich die Erde unter
Meine Füße nahm und hob den Schädel
In das Licht? Leicht wärs zu sagen: alles
War erfüllt von dir. Soviele Himmel
Zogen schon vorüber, und so viel Erde
Warf ich hinter mich. Ein Kirschendieb
War ich im Winter, ein Schlittschuhläufer
Im August. Verschieden lang sind unsre
Schatten. An deiner Stirn zerschlag ich
Meinen Schädel: Wie reiß ich dich aus
Deinem Morgen, in meinen Abend, in mein Herz?

2

O Tag des Steinbocks, der sein Gehörn
In den Winterhimmel stieß, der seinen
Weißen Atem von einem Jahr ins andre
Blies! Wer gräbt sie aus, die Paradiese
Die frühen Küsse, über die das Gras
Gewachsen ist, die Wolken über Wiesen
Flatternd im April, den Duft des Juniheus
Im Birkenlicht, das Lied der Lerche
Das durch den Weizenhimmel flog
Im lodernden August? O schönes Land
DAWILLICHNICHTBEGRABENSEIN: durch
Des Herbstes Himbeerregen trag ich
Den Sommer fort auf leichter Schulter.
Im dunklen Hausflur abends singt ein Kind
Vom Regenhimmel ruft es den Delfin.

3

Komm, sag ich, morgen hab ich Zeit
Für dich, morgen fangen wir zu leben an
Schon wächst, wenn ich dich küsse, dein
Geschornes Haar, nach Regen schmeckt
Dein Mund, nach Mond und Erde. Ach
Soviel Tage, Nächte sanken hinter uns
Ins Dunkel. Brandnächte, Aschentage, ich
Habe keine heile Welt gesehn, schön sind
Die Fjorde, gut, und schön sind auch
Das Nordlicht und die Sellerie, soll
Ich mich also hocken hasenherzig an
Den Rand der Welt, keimfreien Kohl
Zu ernten? Hier bin ich um zu leben
Und zu sterben. Noch haben wir die Hände
Voller Träume, die Erde fliegt mit uns
In einen neuen Tag, wir weben in des
Himmels Fahne unser helles Lachen ein.

4

Mag sein, daß wir in Babylon, in Ninive
Und in Atlantis wohnen, mag sein, wir sind
Nicht mehr zu retten, die Welt geht unter
Heute, morgen, übers Jahr, mag sein
Daß nichts mehr nützt, nicht unsre Wut
Die unsre Kehlen heiser macht, kein Flug
Blatt, keine Barrikade, mag sein, daß wir
Verloren sind, ohnmächtig unsern Zorn
Durch bunte Finsternisse wälzend in
Einen Berg aus Bomben, ein bodenloses
Loch. So komm, wir steigen aus
Aus diesem Film, in dem lebendig nur
Die Schatten sind, die uns das Licht
Aus unsern Augen reißen, wir lernen
Asche schlucken, Feuer spein, nichts
Haben wir als unsren Atem, der uns aus
Tagen Nächte, aus Nächten Tage macht

Am Schreibtisch

Mein Schädel
Ein Dachboden
Ich krame herum
In Worten
Abgetragen
Und längst
Aus der Mode
Tage und Träume
Alte Fotos
Vergilbt
Und vergessen
Die frühen Küsse
Strohblumen
Hinter Spinnengeweb
Nächte
Aus Müdigkeit
Und Liebe
Blätter
Getrocknet
Zwischen den Seiten
Eines alten
Kalenders
Leere Flaschen
Die Räusche
Von gestern

Am Schreibtisch
Sitzt einer
Der trägt
Meinen Namen
Und schreibt:
Ich sehe dich an
Und sehe

Den Himmel
Gespiegelt
In deinen Augen
Manchmal
Berühren sich
Unsere
Hände

Zähne und Zunge

Unsere Gerechtigkeit braucht Zähne
Und Zunge. Niemand soll ihr
Die Zähne ausbrechen. Ist es
Deshalb notwendig, ihr den Mund
Zuzubinden? Soll sie ersticken
An der eigenen Zunge? Ist es
Noch erlaubt zu fragen
Fragen wir
Uns

Nach der Dichterlesung

Oh diese gepflegten Abende, diese
Gepflegten Gespräche über das Leben
Und die Kunst, da stehen die Dichter
Im Rauch schwarzer Zigaretten
An ihren Lippen hängen
Die Augen schöner
Frauen, da kann ich
Nicht mitreden, mit meiner Filter
Zigarette, mit meiner Frau, die zuhause
Bei den Kindern sitzt und
Auf mich wartet

Frühlingsgedicht

Frisch gewaschen
Flattert der Himmel
Hinterm Zaun
Aus Antennen
Der Kastanienbaum
Vor meinem Fenster
Entfaltet Blätter
Aus Wurzeln
Unterm Asphalt
Jenseits der Straße
Sehe ich in der Sonne
Die weiße Brust
Einer Katze

Herbstfeier

1

Dunkler rauschen die Wasser am Abend
Und tiefer schweigen die Steine
Im Wind weht des Herbstes Angelschnur
Die Blätter der Bäume erzittern

2

Feiern möcht ich und singen – aber wofür?
In frostige Nacht sank hinunter die schönere Welt
Über Äcker huschen der Hasen hungrige Schatten
Das Halali gefriert im Jagdhorn des Jägers

3

O diese Kälte! An allen Häusern verschlossene Türen
Auf der Blutspur des Lammes geh ich einher unter Wölfen
Zeit ist es heimzukehren in die Stille
Aus einsamer Luft regnet Asche herab

Deutsche Heraldik

1

Noch trage ich kein Brett vorm Kopf
Und fiel in keinen Honigtopf
Doch hab ich mir das Maul verbrannt
Schon oft im deutschen Vaterland

2

Was fragt ihr mich, wie s weitergeht
Ich sage euch: es ist zu spät
Ich sehe schwarz, und den Befund
Les ich euch aus dem Kaffeegrund

3

Die Zähne habt ihr ausgespuckt
Und euch vor jeder Maus geduckt
Jetzt zittert ihr in eurem Haus
Vor jeder Wanze, jeder Laus

4

Was ihr berührt, das wird zu Müll
Was auch geschieht, ihr haltet still
Ihr tragt in eurem Wappenschild
Der Eintagsfliege goldnes Bild

Gegen den Strom

Gegen den Strom den Tod das Vergessen
Gegen das Komma gegen den Punkt
Schreibe ich für dich und dich
Für deine Haut dein Blut deinen Atem
Gegen die Taubheit der Hände und Lippen
Gegen den Smog das rasende Blech
Aktentaschen Bilanzen den Hunger
Für die Wurzeln unterm Beton
Die Kartoffel das Heu und das Salz
Gegen die Abwesenheit des Geliebten
Für die Nacht voll zärtlicher Zungen
Gegen die Dürre die Kälte das Dunkel
Für die Schiffe ohne Raketen
Gegen den Gummiknüppel den Durst
Für die Orange das Brot und die Küsse
Die Schultern glänzend von Schweiß
Gegen die unbeweglichen Ärsche
Die glatten Stirnen den Qualm
Für das Gewehr in der Hand des Wehrlosen
Die Trauer und klare Gedanken
Für den Wein den Wind und das Wort
Für die Katz und für die Vernunft
Gegen Fäulnis und Asche
Für den Schlag deines Herzens
Das Licht deiner Augen
Das trinkbare Wasser
Den Schlaf ohne Angst
Das Lachen
Den Zorn

Zu Beginn der Achtzigerjahre. Nach Catull

Was, Törne, hält vom Tode dich noch ab?
Der alte Schrecken geht einher in neuen Waffen
Die Angst hat Flügel und der Zorn ist kalt
Was, Törne, hält vom Tode dich noch ab?

Christoph Meckel Nachwort

Die Arbeit des Menschen hat erst begonnen
AIMÉ CÉSAIRE

Die gesammelten Gedichte Volker von Törnes enthalten, was er in zwanzig Jahren an Lyrik schrieb. Nur wenige Verse sind im Nachlaß da. Daneben sind Skizzen und Prosafragmente erhalten, Artikel, die der Beruf ihm abverlangte, politische Reden, die wichtig und wirksam waren. Aus seinen letzten Gedichten löst sich ein Ton, der persönlicher ist, als alles, was er schrieb, verzweifelter und befreiter, rückhaltloser, befreit auch von Formeln und Metren früherer Verse. In diesen Zeilen wird laut, was er zunehmend suchte: die Gewißheit des privaten, die Freude, die Ruhe. »Was braucht / Die Liebe? Nichts. Nur dich und mich«. Sein letzter lyrischer Laut war Verzweiflung und Sehnsucht.

Er war der Sohn eines strammen SS-Patrioten, der im Zweiten Weltkrieg an der Ostfront fiel. Die Tatsache, aus dem deutschen Faschismus zu stammen, bestimmte von Grund auf sein Weltbild und Lebensgefühl. Ich glaube, kein anderer seiner Generation hat diesen Nachlaß so folgerichtig beendet und so aufrichtig in die Zukunft geschrieben wie er. Erkenntnis, Empörung und Warnung prägte den Vers, bestimmte Beruf und Leben, es war seine Kraft; doch war Wiedergutmachung kein Rezept für ihn; ihn hielt kein retrospektives Bedauern fest. Glaubwürdig leben hieß seine Gegenwart, die menschenwürdige Zukunft, die Brüderlichkeit. Er drückte sich gern in fertigen Formeln aus, ein tätiger Moralist mit dem festen Glauben, daß Gesellschaft, Mensch und Welt zu verändern sei. Er hielt an utopischen linken Zielen fest, obwohl er erkennen mußte, wie brüchig sie wurden. Ermüdung, Zweifel und Krankheit bedrückten ihn oft, doch gab es für sein Gewissen zu viel zu tun. Er lebte über die eigenen Kräfte hinaus, da Privatheit, Beruf, Poesie kaum zu trennen waren. »Er wurde«, schreibt Ansgar Skiver, »Geschäftsführer dieser schon im Namen SÜHNEZEICHEN anstößigen, christlichen, finanziell immer ungesicherten Organisation, die junge Freiwillige nach Holland, Norwegen, Frankreich, Griechenland und Israel schickte. Als Stellvertreter haben sie Zeichen für ihre Auseinandersetzung mit der jüngeren deutschen Geschichte gesetzt, auf von deutscher Wehrmacht verbrannter Erde Kirchen, Jugendheime, Wasserleitungen gebaut, in Kibbuzim gearbeitet. Viele Jahre lang hat Volker von Törne den Boden für Frieden und Völkerverständigung zwischen Deutschen und Polen, Deutschen und Russen oder Ukrainern beackert – in Warschau und Auschwitz, in Wolgograd, in Moskau.«

In Artikeln, Reden und Reisen, durch Freundschaft und Sprache, hat Törne zur Friedenspolitik der Deutschen, zu Verständigungen im Ostblock, vor allem in Polen, mehr beigetragen, ermöglicht und fortgeführt, als das offiziellem Interesse geheuer war. Es geschah durch die Glaubwürdigkeit dieses einen Menschen. Jetzt wird sein Name als Glücksfall in Anspruch genommen.

Er hätte gern frivolere Lieder geschrieben, die rauschhaften, leichten, doch sie gehörten ihm nicht. Sie waren in jedem Vers durch Erkenntnis geschärft, von Zweifeln geschwärzt, mit Befürchtung und Zorn gesalzen. »Jorinde, komm ins Schneckenhaus / Da wolln wir beide schlemmen.« Er schrieb das Gedicht in seiner Hungerzeit, und die Schlemmerei war ein Essen im Kolpinghaus.

Er liebte – beneidete oft – die berühmten Namen, die üppige Metaphorik, den großen Atem. Er schwärmte, zweifelnd, für Rilke und Saint John Perse, er schlug sich, gehässig verehrend, mit Goethe herum. Er verschlang sie gleichsam hinter dem eigenen Rücken, und sagte sich immer wieder von ihnen los. Er las die LYRISCHEN DICHTER mit Spott und Befremden – und schlich sich begeistert in ihre Verse ein. Er träumte davon, den großen Gesang zu schreiben – und richtete sich in begrenzten Tonarten ein. Balladen, Lied und Appell, der gewitzte Reim, die zu Formeln verkappte Sprache war sein Bereich. Elegie zwischen ratloser Hoffnung und flackernder Schwermut. Er war nie ganz einig mit sich und der eigenen Sprache. Es zeigt sich: das macht den Wert seiner Sprache aus.

Durch ihn, wie durch wenige, ging der beschwerliche Riß – Aesthetik und Weltanschauung, das Singen und Handeln. Wenn beides in Sprache und Leben authentisch war – bei Hikmet, Neruda, Joszef – war er glücklich zu Haus. Er erkannte dort eine FORTUNE, die er selber suchte, und die ihm nur selten umfassend möglich war.

Er starb, erschöpft, mit sechsundvierzig Jahren. Vierunddreißig in Quedlinburg geboren, Kindheit auf dem Land, das er zeitlebens liebte. Fußballspieler, Rowdy und Gymnasiast, dann Steinhauer, Bauarbeiter und schließlich Student. Was er von seiner Jugend im Harz erzählte, klang nach Bescheidenheit und wenig Licht. Er hatte früh Bakunin und Herzen gelesen, er schwärmte für Majakowski, Lessing und Brecht. Seit 1960 in Westberlin, dort verlegte Ansgar Skiver sein erstes Buch. Der selbstgerechte Westen erschreckte ihn, und die neue Restauration war sein rotes Tuch. Protest und Verweigerung drückten sich physisch aus, durch gereizte Stimme, Unruhe, Magerkeit. Nichts Deutsches in Ost und West ließ ihn ruhig leben, und nichts, was Vergangenheit hieß, war für ihn vorbei. Humaner Sozialismus war seine Parole, die Praxis politischer Aufklärung sein Metier. Er liebte Essen und Trinken, Musik und Gespräche, die Landschaft, den Sommer, den Süden, die Bäume, das Meer. Was in ihm Angst und Zivilcourage war, Entsetzen, Hoffnung, Menschenliebe und Traum, Verlorenheit, Selbstmitleid, Aggression und Schmerz – ein genaueres Wissen von ihm steht weit dahin. Die kritische Entdekkung des Werks steht aus. Er hoffte, in Griechenland leben und schreiben zu können. Ein Haus war dort eingerichtet, als er starb.

Wer war Volker von Törne? Ich weiß es nicht besser. Er war mein Freund, um so zweifelnder kann ich fragen.

Sein Dasein setzt sich fort in Erkenntnissen anderer, durch Befragung, Anspruch, Widerspruch und Kritik. Er kann unterschätzt, überschätzt und vermarktet werden, verworfen, verfälscht, befragt, auf die Säule gehoben. Er kann von gemischten Interessen beschlagnahmt werden, er kann als Poet zu Klischee oder Klassik verkommen. Er kann von West oder Ost beansprucht werden, auf verschiedene Weise vergessen oder zitiert. Er kann als guter Deutscher in Anspruch genommen, als ein Erbe Heines und Brechts verstanden werden. Er kann in feuilletonistischem Lorbeer verschwinden, und als Underground seiner Zeit entziffert werden. Gesammelte Gedichte, ein Jahr nach dem Tod, sind ein erster Schritt in seine Zukunft hinaus. Alles ist offen, wer könnte den Deckel schließen. Der wirkliche Vers hat kein Ende und nichts ist gewiß.

Volker von Törne wurde am 14. März 1934 als Sohn des SS-Standartenführers Hermann von Törne und seiner Frau Martha in Quedlinburg geboren; er hat zwei jüngere Schwestern. In den dreißiger Jahren häufiger Wohnungswechsel (1935: Braunschweig, 1936: Göttingen, 1939: Bad Gandersheim, 1942: Lüdinghausen). 1943 Umzug nach Lutter (Niedersachsen), ab 1944 Besuch des Gymnasiums in Seesen, ab 1952 des Gymnasiums in Gandersheim. 1954 Abitur, danach Beginn eines Studiums der Pädagogik in Braunschweig. Von 1956-58 Studium der Politik- und Sozialwissenschaften in Wilhelmshaven. Redakteur der Studentenzeitschrift ›zoon politikon‹ bis zu deren Verbot 1958. Danach drei Jahre Steinhauer, Hoch- und Tiefbauarbeiter in Lutter und Niedeck bei Göttingen. Übersiedelte 1962 nach Berlin und wurde – bis zu seinem Tode – Mitarbeiter der ›Aktion Sühnezeichen‹ (eine von Präses Kreyssig 1958 gegründete Organisation, die »Brücken über Blut und Asche« schlagen will durch Aufbau und soziale Dienste in den Ländern, die besonders unter dem Faschismus gelitten haben), in deren Auftrag er zahlreiche Reisen unternahm (insbesondere nach Polen, Frankreich, Israel und in die Sowjetunion). 1963 Heirat (zwei Töchter). Starb am 30. Dezember 1980 auf einer Vortragsreise für die ›Aktion Sühnezeichen‹ in Münster.

Fersengeld. Fünfundzwanzig Gedichte. Berlin (Ansgar Skriver Verlag) 1962

Nachrichten über den Leviathan. Mit 14 Graphiken von Uwe Bremer. Stierstadt im Taunus (Eremiten-Presse) 1964

Die Dummheit liefert uns ans Messer. Ein Zeitgespräch in zehn Sonetten von Christoph Meckel und Volker von Törne. Berlin (Verlag der Wolff's Bücherei, Andreas Wolff) 1967

Wolfspelz. Gedichte, Lieder, Montagen. Mit fünf Graphiken von Peter Schwandt. Berlin (Verlag Klaus Wagenbach) 1968

Phallobst. Lieder. Mit Farbschnitten von Konrad Schüler. Berlin (Handpressendruck in 15 Exemplaren) 1968

Der Affe will die Freiheit nicht. Sieben Gedichte und Parabeln. Grafik von Irmgard Sedlmeier. Berlin (Handpressendruck in 15 Exemplaren) 1971

Thalatta. Gedichte. Graphik von Horst Dieter Rudolph. Berlin (Handpressendruck in 100 Exemplaren) 1971

Lagebericht. Gedichte. Gemeinsam mit Christoph Heubner. Kassel (Eigenverlag Ulrich Leinweber) 1976

Kopfüberhals. Achtundvierzig Gedichte. Mit Grafiken von Natascha Ungeheuer. Berlin (Verlag Klaus Wagenbach) 1979

Halsüberkopf: Arkadische Tage. Sonettenkranz, allegro molto. Mit Tuschlavuren von Christoph Niess. Berlin (Verlag Harald Schmid) 1980

In der DDR erschienen Auswahlen aus den obengenannten Büchern:

Volker von Törne, Gedichte. Poesiealbum 54. Berlin (Verlag Neues Leben) 1972

Rezepte für Friedenszeiten. Gedichte (gemeinsam mit Nicolas Born und F. C. Delius) Berlin (Aufbau-Verlag) 1973

Nachdichtungen

Mandragola. Macchiavellis Renaissance-Komödie in einer musikalischen Neufassung der Tribüne Berlin 1969. Texte von Volker von Törne

Den Arbeitern von Kursk. Wladimir Majakowski/Juri Roschkow. 16 Collagen von Roschkow aus dem Jahr 1924 mit einmontierten Texten von Majakowski. In deutscher Nachdichtung von Volker von Törne. Städtische Kunsthalle, Düsseldorf 1980

Samozveri – Selbstgemachte Tiere. A. Rodcenko/S. Tretjakov, Nachdichtung von Volker von Törne. Verlag der Buchhandlung Walter König. Köln 1980

Editorische Notiz

Diese Sammlung aller Gedichte von Volker von Törne geht von den beiden umfangreichsten Gedichtbänden aus: »Wolfspelz« und »Kopfüberhals«. Diese Bände – für die Törne auch Gedichte aus anderen Bänden übernahm – sollten in der vom Autor bestimmten Form erhalten bleiben, einschließlich der gliedernden Untertitel. Im übrigen wurde versucht, eine ungefähre chronologische Ordnung herzustellen. Die wenigen Gedichte, von denen verschiedene Fassungen vorliegen, erscheinen in der jeweils letzten, vom Autor gewollten Fassung.

Fersengeld. Frühe Gedichte
Die Gedichte auf den Seiten 11-24 entstammen dem ersten Gedichtband Törnes, »Fersengeld« (siehe Bibliographie); folgende vier Gedichte dieses Bandes hat der Autor in den Band »Wolfspelz« übernommen: ›Nachbars Ballade‹ (= Ballade vom braven Mann‹), ›Märchen‹, ›Schlaflied für mein Kind‹ (= ›Schlaflied fürs Kind‹), ›Kleine Ballade für den großen B. B.‹ (=›Ballade für bb‹).
Die Gedichte auf den Seiten 25-31 erschienen zwischen 1960 und 1963 in den Zeitschriften ›alternative‹ (deren Redakteur Törne zeitweilig war), ›konkret‹ und ›horen‹, zumeist unter dem Pseudonym ›Waldemar Graf Windei‹. Sie wurden nicht in spätere Bände übernommen.
›Nachrichten über den Leviathan‹ (Seite 33-38) ist ein unveränderter Nachdruck der gleichnamigen Erstausgabe.

Wolfspelz
Unveränderter Nachdruck der gleichnamigen Erstausgabe.

Die Dummheit liefert uns ans Messer
Unveränderter Nachdruck der gleichnamigen Erstausgabe.

Der Affe will die Freiheit nicht
Seite 91-93: Unveränderter Nachdruck des gleichnamigen Handpressendrucks.
Die drei Gedichte auf den Seiten 94-96 aus dem Pressendruck »Thalatta«, der noch zwei weitere Gedichte enthält: »Kassiber« (unter dem Titel »Notstand« in »Kopfüberhals«) und »Nach der Sintflut« (unter dem Titel »Kinderlied« in der Abteilung ›Fersengeld‹).

Phallobst
Die Lieder Seite 99-102 aus dem gleichnamigen Pressendruck. Diese Lieder, wie auch die folgenden, Seite 103-110 (die hier nach dem Manuskript erscheinen), schrieb Volker von Törne für die beiden Sänger ›Elke & Alexander‹. Siehe auch den gesonderten Liederband Törnes: »Flieg nicht fort, mein weißer Rabe«, Berlin (Verlag Harald Schmid) 1981.

Kopfüberhals
Unveränderter Nachdruck der gleichnamigen Erstausgabe.

Halsüberkopf: Arkadische Tage
Unveränderter Nachdruck der gleichnamigen Erstausgabe.

Letzte Gedichte
Die »Fünf Stilübungen für fünf Fünfzigjährige« (Seite 181-183) waren eine Auftragsarbeit für den ›Tintenfisch 17‹ (Berlin 1979). – Die Gedichte »Anrufung meines Engels«, »Epigramm«, »Sieger der Geschichte«, »Gott in Chikago« und »Bilder« erschienen im Heft 6 des ›Freibeuter‹ (1980), die Gedichte »Bei Gelegenheit«, »Elegie 1« und »Elegie 2« in Heft 17 (1980) der Zeitschrift ›Litfaß‹, die ersten drei Teile des Gedichts »Fragmente« in der Anthologie ›Stadtansichten‹ (Berlin 1980).
Alle übrigen Gedichte nach dem Manuskript.

Zu den Graphiken

Frontispiz und Seite 32: Uwe Bremer, aus: Nachrichten über den Leviathan. Seite 40: Peter Schwandt, aus: Wolfspelz. Seite 81: Christoph Meckel, aus: Die Dummheit liefert uns ans Messer. Seite 90: Horst Dieter Rudolph, aus: Thalatta. Seite 98, 113, 180: Natascha Ungeheuer, aus: Kopfüberhals. Seite 170: Handschrift von Volker von Törne.

Quarthefte

Wolf Biermann Die Drahtharfe. Balladen, Gedichte, Lieder

Erich Fried Die Beine der größeren Lügen / Unter Nebenfeinden / Gegengift. Drei Gedichtsammlungen

Tintenfisch 12 Thema: Natur. Hrsg. von Hans Christoph Buch

Brendan Behan Die Geisel und andere Stücke. Mit einer Nachbemerkung von Heinrich Böll. Hrsg. von Ute Nyssen

Erich Fried Die bunten Getüme. 70 Gedichte

Tintenfisch 13 Thema: Alltag des Wahnsinns. Hrsg. von Hans-Jürgen Heinrichs, Michael Krüger und Klaus Wagenbach

Giorgio Manganelli Unschluß (Sconclusione). Prosa. Aus dem Italienischen von Iris Schnebel-Kaschnitz

Werner Kofler Ida H. – Eine Krankengeschichte

Tintenfisch 14 Jahrbuch: Deutsche Literatur 1978. Hrsg. von Michael Krüger

Robert Wolfgang Schnell Die heitere Freiheit und Gleichheit. Vier Geschichten von der festen Bindung

Pier Paolo Pasolini Freibeuterschriften. Die Zerstörung des Einzelnen durch die Konsumgesellschaft. Aufsätze und Polemiken. Aus dem Italienischen von Thomas Eisenhardt

Tintenfisch 15 Thema: Deutschland. Das Kind mit den zwei Köpfen. Hrsg. von Hans Christoph Buch

Volker von Törne Kopfüberhals. Achtundvierzig Gedichte. Mit Grafiken von Natascha Ungeheuer

Tintenfisch 16 Literatur in Österreich. Rot, ich weiß, rot. Hrsg. von Gustav Ernst und Klaus Wagenbach

Vaterland, Muttersprache Deutsche Schriftsteller und ihr Staat seit 1945. Hrsg. von Klaus Wagenbach, Winfried Stephan u. Michael Krüger

Stephan Hermlin Abendlicht. Prosa

Tintenfisch 17 Jahrbuch: Deutsche Literatur 1979. Hrsg. von Michael Krüger und Klaus Wagenbach

Erich Fried Liebesgedichte

Carmelo Samonà Brüder. Prosa. Aus dem Ital. von Marianne Galanti

Wolfgang Hermann Körner Die ägyptischen Träume. Prosa

Giorgio Manganelli Irrläufe. Hundert Romane in Pillenform

Werner Kofler Aus der Wildnis. Zwei Fragmente

Tintenfisch 19 Jahrbuch: Deutsche Literatur 1980. Hrsg. von Michael Krüger und Klaus Wagenbach

Stephan Hermlin Lebensfrist. Gesammelte Erzählungen

Erich Fried Lebensschatten. Gedichte

Pier Paolo Pasolini Unter freiem Himmel. Ausgewählte Gedichte. Aus dem Italienischen von Toni und Sabine Kienlechner

Johannes Bobrowski Mäusefest/Der Mahner. Zweiundzwanzig Erzählungen

Tintenfisch 20 Jahrbuch: Deutsche Literatur 1981. Hrsg. von Michael Krüger und Klaus Wagenbach

Volker von Törne Im Lande Vogelfrei. Gesammelte Gedichte